Perdido na Amazônia 2

DAN E OS BUCANEIROS

Toni Brandão

Perdido na Amazônia 2

DAN E OS BUCANEIROS

Ilustrações

Luciano Tasso

São Paulo
2020

global editora

© Antônio de Pádua Brandão, 2016
1ª Edição, SM, 2007
2ª Edição, Global Editora, São Paulo 2020

Jefferson L. Alves – diretor editorial
Flávio Samuel – gerente de produção
Juliana Campoi – assistente editorial
Deborah Stafussi – revisão
Luciano Tasso – ilustrações
Ana Claudia Limoli – projeto gráfico

Obra atualizada conforme o
NOVO ACORDO ORTOGRÁFICO DA LÍNGUA PORTUGUESA

Dados Internacionais de Catalogação na Publicação (CIP)
(Câmara Brasileira do Livro, SP, Brasil)

Brandão, Toni
  Perdido na Amazônia 2 : Dan e os bucaneiros / Toni Brandão ;
ilustração Luciano Tasso. – 2. ed. – São Paulo : Global Editora, 2020.

ISBN 978-65-5612-047-8

1. Amazônia – Literatura infantojuvenil I. Título

20-45401   CDD-028.5

Índices para catálogo sistemático:
1. Literatura infantojuvenil   028.5

Aline Graziele Benitez - Bibliotecária - CRB-1/3129

Direitos Reservados

global editora e distribuidora ltda.
Rua Pirapitingui, 111 — Liberdade
CEP 01508-020 — São Paulo — SP
Tel.: (11) 3277-7999
e-mail: global@globaleditora.com.br

  Colabore com a produção científica e cultural.
Proibida a reprodução total ou parcial desta
obra sem a autorização do editor.

Nº de Catálogo: **3922**

Para o Tom Jobim

SUMÁRIO

Cercado de verde por todos os lados 8

Ideias esquisitas e aparelhos muito loucos 20

O estranho pai do garoto amazônico 34

A perigosa gata amazônica 48

Reflexos da caixa metálica 62

Os doze trabalhos de Hércules 76

Piranhas 90

A terceira diretriz 104

A hora dos insetos 118

Traídos pelos macacos 134

O cara com um dente de onça
pendurado no peito 148

Tá ficando cada vez mais escuro... 160

O labirinto 176

A hora da caça 190

O número onze 202

CERCADO DE VERDE POR TODOS OS LADOS

Verde-claro. Verde-escuro. Verde-musgo. Verde pálido. Verde superanimado. Verde sendo bicado por passarinhos. Verde sendo engolido por macacos. Verde subindo pelos troncos grossos das árvores. Verde descendo pelo mato até a beira do rio. Verde boiando sobre o rio...

Desde que eu e o meu avô descemos do avião em Manaus e embarcamos no barco a motor, no rio Negro, eu não paro de ver tons e formas de verde. E não paro de ouvir o piloto-guia turístico falar coisas sobre a Amazônia que ele acha que vão nos deixar impressionados: "A Amazônia é a maior floresta tropical do mundo... ela ocupa 4% da superfície da Terra e 58% do Brasil...", coisas desse tipo. Até parece que essas são as coisas mais legais e interessantes pra se dizer sobre a Amazônia.

E dá-lhe verde... Mesmo quando eu olho, por exemplo, pra uma borboleta azul ou pra uma banana amarela, eu acho que a borboleta e a banana são verdes. Ou que vão ficar verdes a qualquer momento.

O ar aqui é muito abafado e tudo cheira a mato, óbvio! Mato úmido, como se tivesse acabado de chover. Mas ele vai mudando de cheiro, dependendo dos tons de verde que aparecem. Achei isso bem estranho. Mais estranho ainda do que os tons de verde e o cheiro de mato úmido é o silêncio. Mesmo com o ronco alto do motor do barco, a impressão que se tem aqui é de um silêncio absoluto. Igual nos filmes de ação, quando o diretor está deixando o público respirar um pouquinho pra depois derrubar mais um prédio, afundar um navio, fazer cair um avião... muito estranho!

Finalmente, depois de umas duzentas horas dentro de um barco, o guia turístico deixou a gente em uma plataforma de madeira, o píer do hotel.

No final do píer, uma escada de madeira. As árvores e plantas (verdes!) em volta da escada não deixavam ver onde exatamente ela ia dar.

Assim que o motor do barco parou, o piloto-guia praticamente jogou nossas malas no píer.

— Eu deixo vocês aqui. Podem subir. Logo mais algum funcionário do hotel virá buscar as bagagens.

O cara devia estar com muita pressa. Nem esperou o meu avô dar gorjeta. Ligou o motor do barco de novo, fez uma manobra quase radical e seguiu pelo mesmo caminho por onde tínhamos chegado. Com o ruído do motor sumindo, comecei a ouvir um monte de sons de passarinhos. Pios, urros, gritos... não sei se eram só de passarinhos. Acho que sim.

O sol estava forte. Mesmo na beira do rio, estava bem abafado. Do meio da escada em diante, já dava pra começar a ver o hotel. Radical! Chalés de madeira, meio arredondados, cobertos de palha, pendurados na floresta, bem distantes uns dos outros e ligados por pontes suspensas. Parecia que os chalés tinham sido construídos camuflados no meio das árvores.

Devia ter uns vinte chalés. Outras pontes suspensas ligavam os chalés a um tipo de chalé maior e central, também de madeira e coberto de palha, onde ficam o restaurante, a recepção, salas de jogos e de TV; e de onde se desce para um outro píer de madeira que fica do lado oposto ao lado por onde chegamos. Nesse píer, tinha algumas canoas de madeira pintadas com cores fortes e com o nome e o símbolo do hotel desenhados. O rio que passa por esse lado do hotel ainda é o rio Negro, só que ele fica um pouco mais estreito. A água honra o nome do rio: é muito escura! E até se pode dar uns mergulhos...

– ... desde que pelo menos um segurança do hotel esteja por perto.

– Por quê, Mayra?

Fiz a pergunta enquanto lia o nome inscrito em seu crachá. Quando eu quis saber da recepcionista do hotel o porquê de só poder tomar banho de rio com algum segurança por perto, ela abriu um sorriso enorme e tentou caprichar ao máximo no tom de enigma.

– Por garantia.

Óbvio que eu queria saber mais precisamente sobre o que a Mayra estava falando. Achei melhor não dizer nada. Assim, se resolvesse me arriscar em um banho de rio sem um dos seguranças do hotel por perto, eu teria a desculpa de não ter entendido muito bem a resposta genérica da recepcionista.

Aliás, uma recepcionista bem bonita. Mais ou menos da idade da minha mãe. Ela lembra um pouco uma índia: cabelos pretos, longos e pesados, olhos negros, boca grande, pele muito morena... mas tem alguma coisa misturada nos traços dela que deixa claro que não é exatamente uma índia. Não sei o que é, mas tem. Assim que Mayra termina de explicar ao meu avô as regras básicas do hotel, os horários de refeições etc., ela se empolga e tenta abrir ainda mais o sorriso:

— Quando o senhor e seu neto terminarem de se instalar no chalé, eu apresentarei a vocês as possibilidades de atividades extras e passeios que podem ser feitos nesta época do ano, de barco ou de avião, aqui na Amazônia.

Mesmo ela sendo genérica e não dizendo que tipo de passeios poderíamos fazer, a empolgação dela era contagiante. E mais: só de olhar em volta já dava pra prever que os passeios deviam mesmo ser legais. Foi quando eu olhei para o meu avô, para ver se ele também tinha se empolgado, que eu percebi uma coisa que eu não gostei muito.

— Vô?

Parece que o meu avô não tinha prestado a menor atenção no que a Mayra tinha falado.

– Tá tudo bem, vô?

Só então meu avô se ligou que eu estava falando com ele.

– O que foi, Dan?

– Você ouviu o que a moça disse?

Foi como se começasse a acordar que o meu avô me respondeu:

– Ouvi... eu estou um pouco cansado.

Nem precisava ter dito aquilo. Só pela palidez estampada no rosto dele já dava para perceber. Não sei se eu ainda estava sob efeito dos tons de verde, mas eu achei aquela palidez do meu avô um tanto quanto esverdeada. Mayra guardou o sorriso.

– O senhor está se sentindo bem?

A pergunta dela o deixou irritado. Muito irritado.

– Eu já disse que estou um pouco cansado.

Vendo que exagerou na irritação, ele ameaçou a recepcionista com um sorriso.

– Foram muitas horas de voo. Depois de um banho, eu estarei novo.

Quem conhece pelo menos um pouco o meu avô sabe que aquele sorriso era falso. Mas a Mayra acreditou nele e nos deu uma chave presa a um chaveiro feito com um pedaço de casca de árvore, onde estava gravado o número oito.

Depois ela chamou:

— Cipó?

Em menos de um segundo, como se estivesse ali do lado só esperando ser chamado, apareceu na recepção um garoto mais ou menos do meu tamanho. Ele tinha a mesma pele morena e cabelos negros lisos parecidos com os da Mayra, mas não tinha tanta cara de índio quanto ela. A boca dele era menor. Seus olhos eram claros.

— O quê?

— Leve essas malas até o chalé número oito.

— E o Juca?

— Ele foi trocar uma lâmpada, Cipó.

Aquela mínima conversa mostrava que os dois tinham mais intimidade que dois simples funcionários do hotel. A conversa mostrou também que, mesmo o garoto tentando fingir um certo aborrecimento por ter que carregar nossas malas, não era exatamente isso o que ele estava sentindo.

A Mayra voltou a falar comigo e com meu avô:

— Assim que o senhor e o seu neto tiverem descansado, por favor, voltem aqui para que um dos nossos guias apresente as atividades extras.

Meu avô não disse nada. Eu agradeci a ela com um sorriso e fui atrás do garoto e de meu avô pela ponte suspensa em direção ao chalé número oito.

Na verdade não eram muitas malas. Uma mala média, com rodinhas, do meu avô e uma mochila minha. Mesmo sendo suspensa, a ponte não balançava. Ela era muito firme e fixa aos galhos das árvores. Devíamos estar a uns dez metros do chão.

As copas das árvores, muito acima das nossas cabeças, formavam um corredor verde e quase fresco que deixava aquele caminho bem menos abafado do que a recepção do hotel, onde nós conversamos com a recepcionista. O silêncio na mata, agora, era absoluto. Nenhum pio de ave. Nenhum ronco de animal. Chegava a assustar.

Deixei que o garoto fosse alguns passos na frente, para poder falar com o meu avô.

– E aí, vô?

– E aí o quê, Dan?

Eu não gosto muito quando o meu avô me subestima e me trata como ele tinha acabado de tratar, como se, por ser trezentos anos mais novo do que ele, eu fosse inferior. Agora era a minha vez de ficar irritado.

– Nada não, vô...

Deixei o meu avô pra trás e com três passos mais rápidos alcancei o garoto com as bagagens.

– Quer ajuda?

A minha pergunta assustou o garoto. Foi como se ele estivesse com o pensamento longe dali.

– Não.

– Você mora aqui?

– Não.

Achei o segundo "não" do garoto bem estranho.

– Tem alguma cidade aqui perto?

– Não.

O terceiro "não" que ele soltou, então, era perturbador. Nunca vi uma palavra tão curta fazer tanto estrago. Parecia que a atenção do garoto estava a anos-luz daquele lugar. E mais: parecia que, onde quer que a atenção dele estivesse, ele estava pensando em alguma coisa terrível... inacreditável... perigosa... Não sei muito bem como consegui sentir tantas coisas com um simples "não", mas eu senti.

Assim que chegamos ao chalé número oito, o garoto colocou as malas no chão, a chave no trinco e abriu a porta, fazendo um sinal para que o meu avô entrasse primeiro. Assim que o meu avô entrou, eu fui atrás dele, ou melhor: eu ia atrás dele. O garoto me segurou pela jaqueta e me fez parar.

– O que... foi?

O começo da minha pergunta saiu normal. O final, o verbo que fechava a pergunta, foi sussurrado. É que eu percebi pela cara do garoto que tinha algo de muito sério por trás daquele puxão. O garoto jogou o olhar claro dele pra dentro dos meus olhos de um jeito que até fez estremecer aquela ponte suspensa e disse:

– Cuidado...

– Com o quê?

– ... com o chalé número onze.

Depois de dizer isso, Cipó deixou as nossas malas ali mesmo na porta e saiu correndo, de algo ou de alguém que, até aquele momento, só ele estava entendendo quem ou o que seria.

Eu não ia precisar de muito tempo pra saber do que ou de quem o o garoto estava correndo. Infelizmente.

IDEIAS ESQUISITAS E APARELHOS MUITO LOUCOS

Levei o maior susto quando olhei para a sala do chalé. Tudo bem que eu sou praticamente um garoto robótico. Quase tudo o que eu faço tem sempre um *mouse*, um *joystick*, um drone, um celular ou algum equipamento eletrônico por perto. Eu tô mais do que acostumado a vários tipos de tecnologia. Acho que o susto que levei foi porque eu não esperava encontrar tanta tecnologia funcionando em um hotel no meio da Amazônia, mesmo ela sendo a maior floresta tropical do mundo, como disse nosso guia.

Quando alguém chega a um hotel como este aonde eu e o meu avô chegamos, talvez por ver os chalés suspensos na mata, a pessoa pode achar que lá não vai ter nem energia elétrica. Terrível engano. As coisas são bem diferentes.

Como o garoto tinha sumido, eu e meu avô tivemos que levar as malas pra dentro sozinhos. Assim que entramos na sala do chalé, nem foi preciso colocar o dedo em um interruptor pra acender a luz. Os sensores detectaram a nossa presença e fizeram as lâmpadas se acenderem rapidinho.

— Olha, vô: o aparelho de telefone sem fio tem também rádio, GPS, acesso a internet, "trocentas" saídas

USB... a tela da televisão é de LED e de um tamanho cinematográfico!

Meu avô, que não estava dando a menor bola para o que eu dizia, foi para o quarto. E eu fui atrás dele...

— Que animal, vô! As camas têm colchão d'água! Será que é água do rio?

Mais do que desinteressado dos meus comentários, meu avô estava irritado. Muito irritado!

— Me dá licença, Dan. Quando vou desfazer a minha mala, eu não gosto de ninguém por perto.

Deixei ele no quarto e voltei para a sala. Se não fosse pela decoração um pouco rústica, daria pra pensar que aquele chalé era a recepção de um observatório futurístico. Uma luneta profissional na varanda da sala ajudava a aumentar essa impressão.

Fiquei tão surpreso com o chalé que me esqueci totalmente do garoto amazônico. Até porque essa coisa de falar frases enigmáticas e sair correndo não me deixa intrigado por muito tempo.

Meu avô gritou do quarto...

— *Vou tomar um banho, Dan.*

... e bateu a porta do banheiro que ficava dentro do quarto.

— Qualquer coisa me chama, vô.

Mesmo se já não tivesse se trancado no banheiro, meu avô não teria me respondido. Ele não é do tipo de pessoa que responde a esse tipo de comentário. O cara tem um gênio difícil. Muito difícil.

Aproveitei minha solidão para começar a curtir! Afinal, o meu avô estava pagando pelas diárias do hotel.

Apertei o *play* no controle remoto da televisão de tela de plasma e fui até a geladeira de aço escovado pegar uma garrafinha de água. A geladeira estava recheada de chocolates, de saquinhos de amendoim, balas, refrigerantes.

A televisão estava sintonizada em um canal a cabo onde passa um programa que eu adoro, *Ideias esquisitas e aparelhos muito loucos*. Nesse programa, pessoas do mundo inteiro aparecem pra mostrar suas invenções. Tem gente que perde tempo com cada coisa! Estava passando uma reportagem com um cara que morava em uma cidadezinha norte-americana e que tinha inventado um cortador de grama que subia em árvores para podar os galhos.

Era muito engraçado ver a cara de satisfação do inventor achando que tinha acabado de resolver os principais problemas da humanidade. Não sei por que os norte-americanos gostam tanto de inventar variações para cortadores de grama!

Ouvi um protesto saindo pelas frestas da porta do banheiro:

– *Não acredito que até aqui você vai ficar colado na frente da televisão, Dan.*

E se eu ficasse? Não teria nada de mais. Mas achei melhor não criar caso com o meu avô. Pelo menos não por enquanto. E, também, o programa nem estava tão interessante assim. Desliguei a TV e fui para a varanda, dar uma espiada na luneta. Lá fora estava um pouco abafado.

Como era bonita a mata em volta do chalé! A maioria das árvores tinha os troncos supergrossos e não era tão alta como algumas das que eu tinha visto na beira do rio. Um monte de plantas crescia em volta dos troncos. Por uma fresta entre as árvores, eu podia ver um rio estreito. Não era o rio Negro, por onde eu e o meu avô tínhamos chegado. Ele ficava pra outro lado.

Depois desse rio pequeno, continuava uma mata de árvores um pouco mais altas e também cercadas de plantas por todos os lados. Procurei algum bicho, não vi nenhum. Nem passarinho! Eu ouvia uns pios, uns barulhos... mas não dava pra ver nada.

Os donos daqueles sons deviam estar afundados na mata. Aquela varanda perdida no meio da Amazônia foi me deixando tranquilo... tranquilo...

Então, quando eu estava quase acreditando naquela tranquilidade toda, foi que eu vi uma coisa acontecendo na mata, depois daquele rio estreito.

Não era exatamente "acontecendo", ou melhor, era acontecendo, mas não era alguma coisa, assim, acontecendo tanto.

Melhor explicar: o que eu vi primeiro foi um reflexo. Algum raio de sol tinha atravessado as frestas entre as árvores e estava refletindo uma superfície metálica e quase totalmente enterrada na terra.

Fixei um pouco mais o olhar. Parecia uma caixa dessas que se veem nas entrevistas que as emissoras de TV fazem com os roqueiros nos bastidores do *show* e que os caras usam pra transportar instrumentos e fios de eletricidade.

Será que algum roqueiro tinha esquecido aquela caixa ali? Ou deixado ela enterrada pra pegar depois? Pouco provável.

Fui até a luneta e foquei a caixa, pra tentar ver melhor. Mas não tinha muito o que ver. Foi aí que eu pensei que uma caixa como aquela não servia para guardar só instrumentos musicais e fios. Dava pra guardar um monte de coisas... ou tudo. Quer dizer, pelo menos tudo o que coubesse em uma caixa de mais ou menos um metro quadrado de largura. Não dava para ver a altura porque, como já expliquei, a caixa estava enterrada.

– O que foi, Dan?

A pergunta do meu avô chegando na varanda, dentro de um roupão de gosto duvidoso e com os cabelos brancos e ralos molhados, me deu o maior susto. Não pela figura descabelada na minha frente. Era mais porque eu estava me sentindo como se tivesse sido pego fazendo alguma coisa errada.

– O-o que-que fo-fo-foi o quê?

Além daquela culpa, eu também fiquei chocado por não ter percebido o tempo passar. Meu avô leva horas, às vezes dias, pra tomar banho, e eu não percebi passar nem um minuto.

– O que foi que você viu nessa luneta?

O jeito quase grosseiro como o meu avô falou comigo teve mais força do que um empurrão e me tirou da frente do equipamento. Só que, antes de sair, eu consegui desviar um pouco o foco da luneta do lugar pra onde eu estava olhando.

Meu avô não percebeu e, quando colocou o olho esquerdo no visor da luneta pra conferir o que é que eu tinha visto, o cara se animou:

– Ah!...

E eu gelei. Não sei explicar o porquê, mas foi como se o perigo tivesse acabado de aterrissar naquela varanda.

– ... você viu as bromélias...

Ainda bem que eu sabia que bromélias são flores. A minha mãe cultiva bromélias em vasos. Eu não tinha visto bromélia nenhuma. Ou, pelo menos, não tinha reparado nelas.

– É, vô... bromélias.

– ... e são enormes...

– É, são.

Quando me ouviu dizendo essa segunda frase banal, o meu avô arregalou um pouco mais os olhos pra tentar entender o que estava acontecendo comigo.

– ... ou não foram as bromélias o que você viu?

Eu precisava ser rápido. Se eu continuasse tão desatento e mostrando tanta surpresa, meu avô ia acabar descobrindo que eu tinha visto outra coisa, mesmo naquele momento essa outra coisa não sendo muita coisa.

– Se liga, vô.

Essa frase, por mais boba e simples que possa parecer, fez o meu avô relaxar um pouco. Só um pouco.

– Dan, se você estava procurando confusão, ou alguma coisa parecida com sua outra estada na Amazônia, fique sabendo que desta vez as coisas vão ser bem diferentes.

– Eu tô ligado, vô.

– Eu não pretendo desgrudar os olhos de você nem um minuto.

– Tô ligado.

– Eu também estou... ligadíssimo.

Ficou um silêncio um pouco constrangedor na varanda. Meu avô ficou um pouco sem graça. Continuou pensando em alguma coisa, ou em alguém, por um tempinho.

– Eu preciso mudar de roupa, Dan, pra irmos escolher qual será o primeiro passeio que vamos fazer.

Com essa frase, meu avô estava praticamente pedindo que eu desse o fora do chalé. Claro que o cara não queria trocar de roupa na minha frente. E, se ele se fechasse no quarto ou no banheiro só pra se vestir, ia ficar ainda mais na cara que meu avô tinha algum tipo de vergonha de que eu visse ele sem roupa. Como eu também tenho esse tipo de vergonha, achei melhor ser rápido.

– Posso esperar você lá na recepção do hotel, vô?

Meu avô tentou disfarçar a vergonha que estava sentindo.

– Pode... mas não saia de lá antes que eu chegue.

– Claro que não.

Eu conferi se meu telefone celular continuava no bolso da bermuda. Continuava! Saí do chalé. Assim que coloquei o segundo pé para fora dali, lembrei logo a advertência do garoto amazônico: "Cuidado com o chalé número onze".

Imediatamente se acendeu dentro de mim o comando da curiosidade e, em vez de ir para a recepção do hotel pelo caminho por onde nós fomos pro chalé número oito, acompanhando em ordem crescente a numeração, resolvi chegar até a recepção pelo caminho contrário. Assim, eu continuaria passando pelas portas dos outros chalés em ordem crescente, o que me faria passar em frente ao chalé número onze em poucos segundos.

E lá fui eu. Pelo corredor suspenso. As portas dos chalés eram todas iguais e aparentemente não tinham nada de especial. Se tudo continuasse como deveria ser, a porta do chalé número onze seria a terceira depois do chalé onde eu e o meu avô estávamos hospedados. Só que as coisas resolveram ser de outro jeito e, logo depois do dez, o número que estava na porta do chalé seguinte era o doze.

Eu gelei. E fui ficando cada vez mais gelado enquanto conferia os números dos outros chalés depois do doze: treze, catorze, até chegar ao chalé número vinte... E o chalé número onze? Era melhor tentar deixar esse assunto guardado, pelo menos por um tempo.

Eu já tinha chegado à recepção e a recepcionista com cara de índia estava vindo ao meu encontro.

— Errou o caminho, Dan?

Como ela tinha se ligado que eu tinha vindo por outro caminho? Tentei fazer a maior voz de garoto normal.

— Não. É que eu queria conhecer um pouco melhor o hotel.

— E conheceu?

Eu nunca ouvi na minha vida uma pergunta tão enigmática.

— Não sei... quer dizer, conheci, só que o corredor que leva a todos os chalés é circular e começa e termina no mesmo lugar: aqui.

— Tudo na vida é circular, Dan. E quase sempre começa e termina no mesmo lugar.

Onde será que a mulher queria chegar com aquela resposta filosófica?

Depois dessa filosofia enigmática, ela deu um suspiro profundo, mas tão profundo que nem sei como ela não sugou um monte das folhas das árvores em volta da recepção.

Achei melhor mudar de assunto:

– Meu avô já está vindo pra cá.

Ela não deve ter entendido nada dessa minha frase e sorriu.

– Que bom.

A recepcionista desfocou os grandes olhos de mim e mirou a porta por onde eu tinha entrado na recepção. Eu virei o pescoço pensando que já era o meu avô chegando. Mas não era.

Era um casal loiro, de pele e olhos claros e com a maior cara de estrangeiros. Eles usavam bermudas cor cáqui, meias e botas, camisetas brancas de mangas curtas com um papagaio supercolorido desenhado no peito, e seguravam câmeras digitais. O homem usava uma pochete de couro amarrada na cintura. Uma pochete bem velha e de gosto um tanto quanto duvidoso.

– *Hello, there!*

Depois de ouvir o homem dizer essas duas palavras em inglês, eu senti um troço muito estranho: era como se uma nuvem negra tivesse pousado sobre a recepção. Continuava de dia e com o sol bem forte. O que eu sentia era a sensação de estar sendo envolvido por uma nuvem negra.

Achei aquilo bem esquisito. Afinal, o estrangeiro tinha aberto um sorriso simpático e estava dividindo esse sorriso entre a recepcionista e eu. A mulher que acompanhava o homem loiro, mesmo não tendo falado nada, também tinha esboçado um sorriso bem simpático.

Devolvi um sorriso simpático para o casal, falei um "*hello!*", que saiu baixo e envergonhado e que ninguém escutou, e fingi que não estava prestando atenção neles.

– *May I help you, Mister Marauder?*

Ainda bem que pra navegar na internet e pra jogar *videogame* o cara tem que aprender pelo menos um pouco de inglês. Com essa pergunta, a recepcionista quis saber se podia ajudar. Pelo jeito como ela falou, ficou claro que aquele casal estava hospedado no hotel.

– *Yes, please.*

E, pela maneira como o *Mister* Qualquer Coisa respondeu (eu não tinha conseguido entender o sobrenome que a Mayra falou), ficou mais claro ainda que a recepcionista poderia, sim, ajudar.

Só que, em vez de continuar pedindo ajuda, ele entregou para ela um chaveiro parecido com o do nosso chalé e partiu com a mulher em direção à saída do hotel, onde ficam os barcos.

A recepcionista voltou a se concentrar em mim.

– Desculpa, Dan, sobre o que nós estávamos falando mesmo?

– Sobre nada imp...

Antes de conseguir dizer a palavra "importante", para terminar a minha frase, eu gelei de novo. O chaveiro que o *Mister* Qualquer Coisa entregou para a recepcionista tinha o número onze. Aquilo me deixou muito confuso. Acho que foi o instinto de preservação que me fez ser muito rápido e disfarçar a confusão que estava acontecendo dentro da minha cabeça.

– ... eu só tinha falado que o meu avô tá quase pronto.

Totalmente desinteressada, como se estivesse com o pensamento a anos-luz de distância, a recepcionista fez um...

– Ah...

... me deu as costas e foi para um outro cômodo do hotel, como se tivesse se lembrado de que tinha se esquecido de alguma coisa, mas alguma coisa sem muita importância.

É claro que eu pensei em aproveitar aquela solidão pra voltar por onde eu tinha chegado à recepção e tentar conferir se tinha me enganado em relação à numeração dos chalés. Mas não tive tempo. O garoto amazônico entrou na recepção como se fosse um furacão.

– Me ajuda...

Mesmo tendo a pele bem morena, como eu já falei, ele estava quase mais branco do que eu.

– Ajudar como, cara?

– O meu pai...

– ... o que é que...

– ... o meu pai tá se afogando!

E o garoto saiu correndo de novo pela mesma direção em que tinha entrado e também na mesma direção por onde saiu o casal de estrangeiros.

É claro que eu fui correndo atrás dele.

O ESTRANHO PAI DO GAROTO AMAZÔNICO

– Espera, cara.

– Não posso...

– Não pode por quê?

– ... eu só tenho uma chance.

– Chance do quê?

– Eu tenho que salvar o meu pai.

Nós, eu e o garoto amazônico, trocamos essa meia dúzia de frases atravessando a ponte suspensa que levava até uma espécie de píer onde ficam ancoradas as canoas do hotel. O garoto descia a escada pulando de dois em dois degraus.

– Onde é que tá o seu pai, cara?

Pensei que, se pulasse os degraus de três em três, alcançaria o garoto; mas eu também poderia cair.

– Rápido... rápido... ele tá se afogando...

Quando chegamos lá no píer, pensei que o garoto amazônico ia pular para dentro de uma das canoas e me preparei pra pular também. Só que não foi isso o que aconteceu. Ele desviou das canoas e começou a andar pelo píer na parte que fica embaixo da ponte e vai dar em uma mata que, pelo que eu estava entendendo, fica embaixo do hotel. Uma mata fechada e um tanto quanto escura.

– Nós vamos entrar aí?

Ele nem respondeu à minha pergunta. Reduziu a velocidade e, afastando os galhos de algumas árvores que não eram muito altas, foi inventando uma espécie de trilha no mato.

– Cuidado que aqui tem cobras.

Cobras embaixo do hotel? Gelei. Óbvio! Se tivesse cobras naquela mata, elas provavelmente poderiam subir para o hotel.

– Eu tô só de bermuda.

– Mas tá de bota. Eu tô só de chinelo.

Não eram bem botas o que eu estava calçando. Eram tênis. Mas aquela não era uma boa hora para esclarecer esse tipo de detalhes.

Seguindo o garoto pela mata, percebi que algumas colunas de madeira serviam de sustentação pra pontes suspensas e outras construções do hotel.

– Tem certeza de que nós estamos no caminho certo, cara?

Essa minha pergunta tinha a maior razão de existir. A mata era totalmente fechada e era preciso que a pessoa conhecesse muito bem o lugar para estar entendendo algum caminho.

Engraçado! A mata era fechada só em cima, como se as plantas e árvores tivessem se trançado. No chão, onde a gente pisava, as raízes eram bem espaçadas.

Não demorou muito para eu começar a ouvir barulho de água. Demorou menos ainda para a mata ir ficando mais aberta, sinal de que ela estava terminando ou diminuindo.

Eu parei de ver as colunas. Depois de mais alguns passos, as árvores e outras plantas foram ficando mais baixas, mais baixas... até que chegamos à margem de um rio estreito e cheio de galhos de árvores que desciam até ele.

– Pra onde é que nós estamos indo, cara?

– Ali.

Só quando o garoto amazônico apontou para o outro lado do rio estreito foi que eu vi uma canoa pequena um pouco à nossa frente. Mais dois passos e percebi que em volta da canoa tinha alguém ou alguma coisa se debatendo dentro da água. Estava tudo muito estranho. Será que o pai do garoto estava se afogando naquele riozinho que não devia ter nem um metro de profundidade? Parecia mais uma lagoa cheia de plantas aquáticas do que um rio.

– Cadê o seu pai?

– Vem logo.

Quando o garoto entrou no riozinho e seguiu andando em direção à canoa, ele confirmou o que eu tinha entendido: aquele rio era muito raso.

Para alguém se afogar ali, esse alguém tinha que ser muito ruim em natação. Como é que um pai amazônico, que deve ter nascido na Amazônia, um dos lugares mais molhados da Terra, não ia saber nadar?

– Tá querendo me enrolar, é?

Pela maneira aflita como ele olhou para trás quando estava mais ou menos no meio do riozinho, era pouquíssimo provável que o garoto estivesse de fato querendo me enrolar.

– ... me ajuda. Meu pai deve estar ficando sem ar. Eu não podia me negar. Entrei no rio e fui andando em direção à canoa pela água. Andar na água é bem difícil. A pessoa tem que fazer muita força com as pernas. Ainda mais água com tantas plantas. Quando cheguei mais perto da canoa, comecei a ouvir um som que lembrava um pouco um pio meio rouco. Mais perto ainda, vi que, de dentro da canoa, saía para a água uma rede e que era de dentro da rede que vinha o barulho. Comecei a entender que o pai do garoto tinha ficado preso lá dentro. Mas como?

– Seu pai é pescador?

Talvez tenha sido o nervosismo que me levou a fazer essa pergunta que nem era tão óbvia, mas que era pouco provável ter alguma resposta naquele momento de aflição.

Quando estávamos quase chegando à canoa, o garoto diminuiu a velocidade, como se quisesse me esperar.

– Você tem bastante força?

Pra um garoto da minha idade, até que eu sou bem forte.

– Tenho.

– Então, vamos fazer o seguinte: você segura ele pela cauda e eu tento soltar o bico.

Cauda? Bico? Sobre o que o garoto estava falando? Nem precisei perguntar. Nós já estávamos perto da canoa o suficiente pra eu ver que quem estava preso na rede era um peixe enorme. Maior do que o garoto. Maior do que eu. Não era peixe, não. Era um golfinho e estava muito assustado. O bico dele tinha ficado preso nos buracos da rede e, quanto mais ele tentava se soltar, mais preso ia ficando. Ele não conseguia abrir o bico.

– Você não disse que era o seu pai quem tinha ficado preso?

– Rápido... ele tá quase morrendo... tenta segurar ele pela cauda...

Quase impossível atender ao pedido do garoto amazônico. O medo e o susto tinham deixado aquele bicho bem arisco, difícil de ser pego.

– ... rápido...

Quanto mais eu tentava segurar a cauda, mais ele se debatia.

– ... rápido...

– Seu pai não tá me deixando segurar a cauda, cara. Mesmo no meio daquela aflição toda, eu achei aquela minha frase, onde eu chamei o golfinho de pai do garoto amazônico, bem ridícula. Mas não dava tempo de eu esclarecer nada. Parecia que o golfinho estava mesmo ficando sem ar.

– Rápido!

– Não tá dando, cara.

Foi aí que eu tive uma ideia.

– Deixa eu te ajudar aí desse lado.

Soltei a cauda, que eu nem estava conseguindo controlar, e me juntei ao garoto amazônico do outro lado. Ele tentava soltar o bico do golfinho da rede. O cara ficou bem irritado comigo.

– Não solta ele.

Sem dar a menor bola para a irritação do garoto amazônico, comecei a tentar entender a confusão na rede embaraçada em volta do bico do golfinho.

– Você não quer salvar o golfin... quer dizer, o seu pai?

– Não solta ele.

Resolvi deixar o estranho garoto amazônico de lado e, com algum esforço, tentei afastar a rede do bico do golfinho. Eu nunca tinha chegado tão perto de um bicho aquático. E muito menos tão perto dos olhos. Quando foquei os meus olhos nos olhos dele, parecia que o bicho falava comigo. Só que eu não conseguia entender o que ele queria dizer, é claro. Um pouco abaixo do que era a cabeça do golfinho, dava pra ver que ele tinha ficado bem arranhado, de tanto se debater. Vi, também, que aquele labirinto de fios da rede em volta do bico do golfinho tinha um começo. Se eu conseguisse desmanchar esse começo, quem sabe conseguiria desembaraçar o resto.

– Tenta segurar o bico dele.

Um pouco contrariado, o garoto amazônico atendeu ao meu pedido e, finalmente, consegui chegar aonde eu queria: onde começava o nó.

– *Yeees!*

Nem foi muito difícil desmanchar o nó. Assim que consegui, como que por encanto, com o próprio movimento do golfinho, os fios foram se desembaraçando, se desembaraçando... e, como se fosse um bicho a jato, o golfinho tirou o bico de dentro da rede e, mais a jato ainda, mergulhou o corpo meio cor-de-rosa dentro do riozinho e saiu nadando pra bem longe daquela rede e de nós dois. Respirei feliz e aliviado.

– Nããão...

O "nããão" do garoto amazônico não era nada feliz e, muito menos, aliviado. Pelo contrário, parecia que ele tinha ficado triste!

– Você não queria soltar o golfinho?

O garoto fazia o maior esforço para não chorar.

– Não é golfinho, é boto.

Ah! É... na Amazônia existem botos, não golfinhos; e eles são chamados de botos-cor-de-rosa.

– Você não queria soltar o boto?

– Queria. Mas não era pra deixar ele ir embora.

– Por que não, cara?

Totalmente recuperado da vontade de chorar, o garoto amazônico me olhou com cara de muito bravo, e com uma certeza um tanto quanto absurda me disse:

– Porque era o meu pai.

Pensei que aquela seria uma boa hora para começar a entender essa história.

– Como assim?

Eu estava totalmente enganado. Assim que pendurei o ponto de interrogação na minha frase, transformando ela numa pergunta, nós começamos a ouvir passos.

– Fica quieto.

Um segundo depois que o garoto me disse para eu ficar quieto, além dos passos ouvimos vozes. Ele curvou a cabeça um pouco para a frente, tentando ouvir melhor. E conseguiu. Sussurrando, confirmou para si mesmo:

– São eles.

E depois falou comigo:

– Pula pra dentro da canoa e deita, rápido.

Pela gravidade como o garoto falava, eu não ia ser bobo de perguntar o porquê daquela ordem e muito menos ia deixar de obedecer. Pulei pra dentro da canoa, deitei e fiz uma conchinha de mim mesmo. Ele fez o mesmo: pulou para dentro da canoa e trouxe a rede com ele. Enquanto se deitava perto de mim, o cara jogou a rede sobre nós dois e sussurrou mais uma vez:

– Puxa a rede pra você e se cobre inteiro.

Mais uma vez, eu obedeci. Como a rede era muito grande, não esticando muito, dava para confiar que ela formaria algum tipo de proteção; ou, pelo menos, algum tipo de proteção pra quem não prestasse muita atenção para dentro da canoa.

Tentei sussurrar uma pergunta:

– De quem que nós estamos...

O sussurro do garoto era mais urgente.

– Eles são perigosos.

– Eles...

– Superperigosos.

– Eles quem?

– Espera eles passarem que eu explico.

Silêncio absoluto dentro da canoa. As vozes foram ficando mais nítidas. Vozes que falavam em inglês. Uma voz de homem e outra de mulher. Falavam baixo e sério. Muito sério. Como se tivessem o que esconder. Parecia também que estavam brigando um com o outro. Eu reconheci na voz masculina a voz daquele homem que tinha me cumprimentado na recepção do hotel de um jeito muito simpático, o *Mister* Qualquer Coisa. Só que agora não dava para reconhecer nenhuma simpatia nele.

Misturado às vozes dos dois, deu para ouvir barulho de água, sinal de que eles estavam entrando naquele riozinho tão minúsculo. As vozes ficaram mais altas... mais altas... sinal de que eles estavam cada vez mais perto.

Aí, a nossa canoa começou a balançar um pouco... sinal de que eles estavam mais perto ainda. A canoa balançou um pouco mais.

– *C'mon, Sally.*

– *Take it easy, Tom.*

– *There is something wrong happening here... That Mister Oliveira is very dangerous for us.*

– *Take it easy, Tom.*

Deu para entender que o *Mister* Qualquer Coisa se chama Tom e que ele estava pedindo para a mulher, Sally, ir logo. Ela dizia para ele ficar calmo e o cara insistia que tinha alguma coisa errada... perigosa... e falou um nome que fez o meu corpo virar uma conchinha de gelo, "*Mister* Oliveira".

Oliveira era o meu último sobrenome. Será que era sobre o meu avô que o *Mister* Qualquer Coisa estava falando? Comecei a achar que o casal tinha visto a gente na canoa e que fosse nos pegar. Então, me lembrei do meu avô me dando aquela quase bronca na varanda do nosso chalé. Mas, em vez de sermos pegos, a canoa parou de mexer.

As vozes começaram a ficar mais baixas... mais distantes... eles foram se afastando... se afastando... e se afastando no sentido contrário de onde tinham vindo.

Quer dizer, eles tinham vindo do lado do hotel, assim como eu e o garoto amazônico, e tinham atravessado o rio em direção à mata.

Depois de algum tempo de silêncio, o garoto amazônico levantou um pouco a cabeça para conferir se estava tudo seguro em volta da canoa. Parecia que estava. Mesmo assim, ele achou melhor continuar cochichando.

– Acho que eles já foram.

Enquanto nos sentávamos na canoa, me veio à mente a imagem do reflexo do sol sobre a caixa metálica enterrada no mato.

– Agora eu posso contar quem são eles. Estão hospedados no chalé número onze, que fica separado dos outros chalés e...

A atenção que eu prestei ao começo da explicação do garoto amazônico foi mínima. Assim que me lembrei do reflexo sobre a caixa, também senti que eu não podia ignorar aquele reflexo, aquela caixa e muito menos aquele casal de estrangeiros que tinha falado em perigo e no nome do meu avô. Por mínimos que pudessem ser, esses detalhes já eram muitos. Pelo menos pra mim.

Quando o garoto amazônico viu a agilidade que eu usei para pular da canoa, ele se assustou.

– O que foi?

Já dentro da água eu olhei pro garoto amazônico com mais segurança do que ele tinha me olhado quando disse que o pai dele não era um golfinho, e sim um boto.

– Você vem comigo, cara?

O garoto amazônico se encolheu de medo.

– A... a... aonde você vai?

– Eu tenho que ir atrás do *Mister* Superperigoso.

A PERIGOSA
GATA AMAZÔNICA

– Você não tá regulando bem?

Parecia que o garoto amazônico não estava acreditando no que eu tinha falado: que eu queria ir atrás do *Mister* Superperigoso.

– Vindo de um cara que diz que o pai dele é um boto, acho que não dá pra levar esse comentário muito a sério.

– Era o meu pai.

– Se liga!

Pelo visto, o garoto nunca tinha ouvido a expressão "se liga". Ele ficou bem confuso.

– "Se liga" quer dizer "presta atenção".

O cara era rápido, pelo menos pra aprender gírias.

– Se liga você: era o meu pai, sim.

– Outra vez, Cipó?

Quem perguntou "Outra vez, Cipó?" não foi o garoto amazônico nem eu. Foi outra voz, que aparentemente tinha surgido do nada. Ou melhor, surgiu da água, nadando com a maior suavidade como se fosse uma sereia. Junto com a pergunta, a dona da voz deu um sorriso com os dentes mais brancos que eu já tinha visto.

Ela era muito gata. Um pouco menor do que eu. Os cabelos eram lisos, compridos, negros e pesados. Os olhos, grandes e negros, brilhavam mais do que os dentes. Pela maneira como ela se movimentava, a garota parecia um tipo de dona da água. O garoto amazônico não gostou muito de ver aquela garota quase aquática chegando, e muito menos de ouvir ela chamando ele de Cipó.

— Ninguém te chamou aqui, sua... sua... sua cutia.

Ser chamada de cutia também deixou a garota bem furiosa. Já se levantando na água, ela respondeu:

— Eu vim buscar a canoa do meu pai.

— Então, pega essa porcaria e some.

— Porcaria é você.

— E fala pro seu pai não deixar a canoa com a rede pra fora. Isso prende os peixes.

— A rede existe justamente pra prender peixes.

— Mas não os botos.

— Ninguém mandou esses folgados irem atrás das redes.

Ouvir a garota quase aquática chamar os botos de folgados deixou o garoto amazônico ainda mais bravo. O clima entre os dois era bem tenso. E eu que pensei que tensão fosse coisa de quem vive em cidade grande, que nem eu.

— Não fala assim do... deles...

A garota quase aquática achou ridículo.

— Até quando você vai ficar com essa história, Cipó?

Para um garoto que está contando uma história, eu comecei a me sentir ignorado demais por aquela tensa dupla amazônica.

– Será que vocês dois podem parar com esse bate--boca?

Aí, como se tivesse me ignorado até aquele momento (o que era uma bela mentira!), a garota quase aquática prestou atenção em mim. Uma atenção cheia de pouco caso.

– Quem é esse intrometido?

Ela era bem provocante. Duplamente provocante: tanto pela arrogância como pela beleza. Naquele momento, eu precisava prestar mais atenção na arrogância do que na beleza.

– Você devia ser mais educada com quem não conhece.

Quase sem querer, eu entrei no mesmo clima de tensão que os dois amazônicos. Assim que terminei de responder para a garota com uma arrogância parecida com a dela, olhei para o garoto.

– E aí, Cipó? Você vem ou não comigo?

Só depois que eu tinha falado é que lembrei que o garoto amazônico não tinha gostado de ser chamado de Cipó pela garota. Mas, por estranho que possa parecer, comigo ele não se incomodou.

– Você não deve fazer isso...

A pausa que o Cipó fez é aquela típica de quem quer saber o nome da pessoa com quem está falando.

– Dan... meu nome é Dan.

– Você não deve ir atrás deles, Dan.

A garota ficou muito interessada.

– Atrás de quem esse branquelo tá querendo ir, Cipó?

Quando ele olhou para a garota pra responder, ele não estava mais com tanta bronca dela.

– Daquele casal que eu te falei.

A garota ficou muito eufórica. Só agora eu reparei que ela também estava usando bermuda e camiseta; e que tinha um par de chinelos de dedos nas mãos. Ela segurava os chinelos como se fossem nadadeiras. Mas, de repente, a euforia dela virou desconfiança. Uma desconfiança muito mais provocante do que todas as provocações que ela tinha feito.

– Quem você pensa que é?

– Eu não tenho que te dar satisfação de nada... tchau.

Virei de costas e saí andando pela água. Quer dizer, eu ia saindo, quando a garota segurou a minha perna por baixo da água e eu caí de boca no rio. Quase me afoguei naquela água meio barrenta e cheia de folhas.

– Por que você fez isso?

Pelo visto a garota não tinha o menor medo de mim.

– Porque você não sabe onde tá se metendo.

– Isso é problema meu.

– Você não conhece nada por aqui.

– Isso também é problema meu.

Já totalmente recuperado do susto e do quase afogamento, eu saí andando novamente na direção por onde o casal superperigoso tinha ido.

– Não deixa ele fazer isso, Cipó.

Mesmo de costas e já a alguma distância, consegui entender que a garota estava bem aflita quando fez esse pedido ao Cipó.

– Esse menino é pior do que você, Bia.

Bia?! Então, a gata amazônica se chamava Bia! Mas eu não podia ficar dando atenção a esses detalhes. Eu tinha que alcançar o casal superperigoso.

– Vamos com ele, Cipó.

Yeees! Era exatamente isso que eu queria. Claro que, se a dupla amazônica fosse comigo, eu tinha muito mais chance de conseguir descobrir alguma coisa. Ou, pelo menos, o porquê de aquele casal ter falado que o meu avô era perigoso.

– Ei, Dan?

Quando parei pra atender ao chamado do Cipó, eu já estava fora da água. Com dois ou três passos, ele e a menina me alcançaram. Não sei muito bem qual a razão, mas aquela confusão tinha criado algum tipo de intimidade entre nós.

– Por que você tá fazendo isso, Dan?

Eu não tinha como deixar de responder à pergunta do Cipó. Mas é claro que dava para simplificar a resposta.

– Por causa do meu avô. É com ele que eu tô aqui na floresta.

– O seu avô?

A Bia também usou um tom bem amigo para fazer a próxima pergunta.

– Como assim?

– Quando o casal superperigoso passou por mim e pelo Cipó, eles falavam inglês, mas disseram o nome do meu avô.

– E falaram o quê?

– Que ele era perigoso.

– E o seu avô é perigoso?

– Que eu saiba, não.

A minha explicação, em vez de aliviar, parece que deixou a Bia ainda mais em dúvida.

– Se você achasse mesmo isso, não ia querer ir atrás deles.

Eu ia ter que ser mais sincero. Ou, pelo menos, em parte.

– Tá. Eu até faço uma vaga ideia sobre o que eles estão falando, só que não dá pra explicar agora. Eu tô perdendo muito tempo. Vocês vêm comigo?

Foi o espírito de aventura que eu vi se estampar no rosto da dupla amazônica que respondeu à minha pergunta. E nós saímos pelo mato.

– Deixem que eu vou na frente.

Depois de dizer isso, a Bia se atreveu a ir na nossa frente, como se além de dona da água ela fosse também dona da mata. Alguns passos depois, a menina empacou.

– Acho melhor a gente se organizar.

Fiquei um pouco envergonhado por ter sido ela e não eu quem teve essa ideia.

– Também acho.

– Vai ser um pouco difícil saber por onde eles foram. A mata aqui é bem fechada.

Assim que ouvi a última palavra dessa frase do garoto, de novo me veio à mente a imagem da caixa metálica reluzindo.

– Nós estamos, mais ou menos, em frente ao hotel, só que do outro lado do rio, certo?

– Que rio?

– Se liga, Bia. Nós não acabamos de atravessar um rio, onde tá a canoa do seu pai?

– Pelo visto, você não entende nada daqui. O que nós atravessamos foi um igapó.

Achei aquele pequeno erro dela um bom momento pra devolver a arrogância:

– "Igarapé", você quer dizer?

Só que, pelo visto, não tinha acontecido erro nenhum.

– Se eu quisesse falar igarapé, eu tinha falado. O que nós atravessamos se chama igapó, que é muito menor e mais estreito do que um igarapé e...

Como eu não tinha mais argumentos, resolvi retomar a conversa principal, a partir de onde eu tinha parado.

– Tudo bem, Bia, já entendi. Dá pra saber se estamos do outro lado do... igapó... mais ou menos em frente ao hotel onde eu tô hospedado?

Depois de conferir a mata...

– Acho que não.

– E você consegue levar a gente até esse lugar, mais ou menos em frente ao hotel?

– Claro que sim... mas por quê?

Achei que aquele era um bom momento pra eu tentar liderar um pouco a situação.

– Então, se você for capaz, leva a gente até lá, que eu falo.

Tomando o meu ar superior como uma provocação, a Bia empinou um pouco o nariz.

– Primeiro fala, depois eu levo.

Tive que ser sincero.

– Quando eu estava na varanda do hotel, vi uma caixa muito estranha: uma caixa metálica mais ou menos enterrada no mato.

– Que caixa é essa?

– Não faço a menor ideia. Mas tenho certeza de que ela tem alguma coisa a ver com aquele casal de gringos.

Valeu a pena a minha sinceridade. O que eu tinha acabado de falar conseguiu criar um tipo de intimidade e cumplicidade entre nós três. Ninguém perguntou mais nada. A garota saiu andando na frente, abrindo caminho pela mata cheia de cipós e troncos enormes. O chão era fofo e forrado de folhas úmidas. O ar estava um pouco abafado e também úmido.

– Cuidado com as raízes, Dan.

Ah! Quer dizer que ela tinha guardado o meu nome?!

– Tô ligado. Quer falar agora o que você sabe sobre o casal superperigoso, Cipó?

Antes de me responder, o Cipó tentou consultar a menina disfarçadamente, com um olhar meio de lado. Achei melhor fazer que eu não tinha percebido.

– Esse casal, Dan, tem vindo sempre pra cá.

Pelo silêncio enigmático do Cipó, parecia que o que ele tinha acabado de falar já queria dizer muito. Mas pra mim não era bem assim.

– E daí?

– E daí que as pessoas vêm pro hotel, ou pra Amazônia, uma vez na vida e...

– Eu já estive aqui...

Os olhos do garoto e da menina me olharam como se fossem aquelas lanternas superpossantes que a polícia usa, pelo menos nos filmes, pra mirar os bandidos à noite. Eu ia precisar dar um pouco de informações para os amazônicos.

– ... quer dizer, não exatamente nesse hotel e nesta parte da Amazônia, mas eu e o meu avô já viemos pra cá.

– Tudo bem, só que o casal superperigoso tem vindo quase todos os meses.

A Bia corrigiu o Cipó:

– Nos últimos meses, eles vieram quase todas as semanas!

Estava na cara que aquela dupla amazônica escondia alguma coisa.

— Desculpa, Cipó, mas, se é só isso o que você sabe, não dá pra dizer que eles sejam superperigosos.

— Se eles não fossem superperigosos, você não estava querendo ir atrás deles.

A garota era bem mais esperta do que eu pensava. Fiquei um pouco envergonhado de achar que, por causa da dupla amazônica ser de garotos da mata, eu seria mais esperto do que eles. Parece que a minha tentativa de subestimar os dois também incomodou a Bia.

— E essa caixa, o que você acha que tem nela, Dan?

Quando fez essa pergunta, o tom de voz da Bia era totalmente outro. Ela falava mais devagar. E mais intrigada. E mais madura. Não sei explicar muito bem.

— Seja lá o que for, alguma coisa séria deve ser. Pra ela estar escondida no mato.

Fiz uma pequena pausa para respirar e tentei achar um tom de voz parecido com o que a Bia usou ao fazer a pergunta.

— E você, Bia, o que você acha que tem na caixa?

De repente, a Bia parou. Só que não foi para me responder. Ela vasculhou com os olhos em volta, conferindo onde nós estávamos.

— Deve ser por aqui.

Não demorou muito pra eu ver, um pouco na nossa frente, uma placa metálica mal enterrada no chão. Era a caixa. Demorou menos ainda pra eu sentir que tinha alguém observando a gente.

REFLEXOS DA CAIXA METÁLICA

– Acho que não.

Quando eu disse "acho que não", querendo dizer que eu não concordava com a Bia quando ela falou que deveria ser ali o lugar onde eu tinha visto a caixa metálica, a minha voz saiu meio trêmula, quase gaga.

Quem me conhecesse pelo menos um pouco saberia que eu estava tentando disfarçar. Ou ganhar tempo. Como o Cipó e a Bia mal me conheciam, eles não perceberam.

Além de ser pra ganhar tempo, esse meu jeito de falar foi pra eu tentar entender se a dupla amazônica também tinha percebido que alguém observava a gente. Eles não fizeram nada que demonstrasse isso.

O Cipó foi o próximo a falar:

– Tem certeza que não foi por aqui que você viu a caixa metálica...

E falou demais! Se quem estivesse nos observando tivesse alguma coisa a ver com a caixa, esse alguém iria saber que nós sabíamos sobre a tal caixa e que era por causa daquilo que nós estávamos ali.

A continuação da frase do Cipó só piorou as coisas:

– ... você disse que tinha visto a caixa pela varanda do chalé onde você e o seu avô estão. Eu tô vendo o chalé do outro lado do igapó.

Era verdade: só de olhar em direção ao igapó já dava pra ver alguns chalés do hotel do outro lado; principalmente o chalé onde eu e o meu avô estávamos hospedados. Isso me deixou mais intrigado. Será que eu e o meu avô tínhamos sido instalados naquele chalé de propósito? Será que quem colocou a gente ali estava usando a caixa metálica como algum tipo de sinal? Ou uma isca?

Mas sinal do quê? Isca pra quê? Foi enquanto eu pensava esse monte de dúvidas que eu ouvi o típico barulho de um galho se quebrando, como se alguém tivesse pisado nele. O som vinha exatamente do lugar onde eu estava sentindo que tinha alguém.

– Cuidado!

O meu grito de cuidado assustou mais a Bia e o Cipó do que o barulho do galho quebrando. Até porque, assim que o galho se quebrou, nada aconteceu. Não apareceu ninguém ou nada que nos pusesse em risco.

– Cuidado com o quê, Dan?

Eu já estava quase envergonhado, quando respondi:

– Vai me dizer que você não ouviu, Bia?

– Não ouvi o quê?

– O galho se quebrando.

A garota deu uma gargalhada...

– Onde já se viu ficar com medo de um galho quebrado?

... uma gargalhada bem irritante. Eu precisava ser rápido.

– Se liga, Bia.

– Você sabe quantos galhos tem na mata?

– Milhões... bilhões...

– E quantos desses galhos já estão podres?

– Sei lá.

– Ou quantos estão sustentando algum macaco mais pesado do que eles aguentam?

– Como é que eu vou saber?

– Você não entende nada da vida da mata mesmo!

A Bia não precisava ter me humilhado tanto assim. Mas será que ela estava mesmo me humilhando? Fiquei confuso. Tinha alguma coisa dentro daquela humilhação que não era exatamente humilhação. Era algum sinal. Algum código de que ela também já tinha entendido que alguma coisa errada estava acontecendo. Tudo ficou mais claro, quando ela continuou:

– Acho melhor nós voltarmos pro hotel, antes que o garoto da cidade se arranhe.

O Cipó, que não estava entendendo nada, ficou uma fera.

– Sem achar a caixa...

– Cipó, o Dan não tem certeza de que viu a caixa.

Eu não tinha mais dúvida: a Bia sabia, sim, que nós estávamos sendo observados.

– Você não tem certeza, Dan?

– Não, eu não tenho... estava meio longe... e o meu astigmatismo, às vezes, me confunde.

– Mas...

– Vamos voltar com o Dan pro hotel, Cipó.

– Mas...

Pelo visto, aquela minha cena com a Bia não convenceu muito quem estava observando a gente. De repente, saiu de trás da árvore, exatamente de onde eu ouvi quebrar um dos milhares de galhos podres da Amazônia, a metade masculina do casal de estrangeiros que tinha acabado de cruzar o igapó: *Mister* Superperigoso. Ele estava com cara de poucos amigos!

– Quem você pensou que estivesse enganando?

– E... eu...

– Astigmatismo impede que a pessoa enxergue de perto e não de longe.

Mesmo com um sotaque de estrangeiro muito forte, o cara devia estar bem acostumado a falar português. Ele não trocava letras. Eu não sabia o que fazer.

– Eu... quer dizer... nós... a gente...

Percebendo que a coisa ia esquentar para o nosso lado, o Cipó tentou fugir...

– Maldita a hora que eu vim.

... mas, assim que ele ameaçou fazer isso, um homem de olhos puxados e muito mal-encarado apareceu de trás das árvores e empurrou o Cipó de novo pra junto de mim e da Bia.

Enquanto isso, um terceiro homem, também de olhos puxados e cara de bravo, apareceu do outro lado e fechou o cerco. Eram três homens adultos em volta de nós três, quase adolescentes.

Os dois homens que chegaram por último estavam vestidos de turistas, como o primeiro. Usavam calça *jeans* velha, camiseta e jaqueta de couro um tanto exageradas para aquele calor amazônico. Um deles usava boné preto. Estava na cara que quem liderava o trio era o *Mister* Superperigoso.

— Você vai me dizer exatamente o que viu, garoto.

— Eu não vi nada.

Achando que eu estivesse tentando enganar o chefe, os outros dois homens vieram para o meu lado. *Mister* Superperigoso fez um gesto para que eles parassem.

— Deixem esse moleque comigo.

Mister Superperigoso chegou mais perto de mim. Ele suava muito. E um suor com cheiro muito forte e desagradável. Meio seboso. Além de Superperigoso, o cara era também Superseboso.

— Você está no chalé número oito, não é?

— Estou.

— Você e o seu avô?

Assim que terminou de dizer a palavra "avô" como se estivesse mastigando cada letra, *Mister* Superperigoso apontou em direção ao chalé e, com um tom de voz bem malvado, perguntou:

— É aquele chalé ali, não é?

Óbvio que não era preciso olhar para confirmar. Eu tinha acabado de conferir isso com a Bia e o Cipó. Mesmo assim eu olhei, e o que vi me congelou...

— Vô...

A mulher que eu tinha visto acompanhar o *Mister* Superperigoso, o chefe seboso daquela minigangue, estava saindo do chalé segurando meu avô pelo braço.

– ... pra onde ela tá levando o meu avô?

– Isso vai depender de você, garoto.

– De... de... mim?

– Ela pode oferecê-lo às piranhas... amarrá-lo de ponta-cabeça em uma árvore centenária para as onças... ou, quem sabe...

Mister Superperigoso fez uma cara bem terrível, antes de continuar:

– ... seu avô é valente?

O jeito dele me deixou mais ofendido do que com medo.

– Muito valente.

Parecia que era exatamente isso que o cara queria ouvir de mim.

– Ótimo. Então, nossa amiga poderá entregá-lo a uma tribo de canibais ainda não registrada pelos órgãos de proteção indígena. Como eles ainda são desconhecidos, a morte do seu avô nem será documentada.

Agora, sim, eu fiquei com medo. E comecei a suar frio. Onde é que tinha me metido?

– O senhor não pode fazer isso.

Quase colando aquela cara sebosa no meu rosto, o cara ameaçou:

– Depende de você.

Além de tudo, o seboso ainda tinha mau hálito. Eca!

– Como assim?

– É só você e os seus amigos colaborarem comigo.
Só aí eu percebi que, seja lá a confusão em que eu estava me metendo, tinha levado comigo o Cipó e a Bia.

Por falar neles, a dupla amazônica estava me olhando de um jeito ainda mais estranho que aquele chefe de minigangue seboso e com mau hálito. Pelo visto, eles também já deviam estar confusos sobre quem eu era e o que eu estava fazendo ali, naquele lugar. E o meu avô?

– Solta o Cipó e a Bia.

O meu pedido deixou *Mister* Superperigoso furioso. Muito furioso.

– E quem você pensa que é pra me dar ordens?

– É só um pedido.

– Você se acha em condições de fazer pedidos?

– Por favor, deixa os dois fora disso.

– Ah! Então, eu não estou enganado: há um "disso"... Chiii! Eu tinha me dado mal.

– Do que exatamente você quer que eu deixe os seus amigos nativos de fora?

O cara pronunciou "amigos nativos" de um jeito bem pejorativo.

– Se eu fosse você, Dan, não faria isso.

Será que o seboso sabia o meu nome por ter ouvido enquanto espionava nós três? Ou ele já estava atrás de mim antes? Se ele já estivesse atrás de mim, então ele sabia o que eu estava fazendo ali, na Amazônia, de novo... Será?

Além de mostrar que o cara, no mínimo, sabia o meu nome, aquela advertência sebosa do chefe da minigangue tinha outros detalhes para eu prestar atenção. Ele pretendia envolver o Cipó e a Bia na mesma coisa que ele pretendia me envolver. Não dava para eu enrolar mais.

— Por que o senhor não pode soltar eles?

— Você vai precisar deles pra fazer o que eu vou mandar...

Então o cara apontou para a caixa metálica enterrada no chão.

— Vamos até ali.

Assim que chegamos perto da caixa, a Bia e o Cipó arregalaram ainda mais seus olhos grandes. Fiquei achando que, até aquele momento, eles estavam duvidando que existisse mesmo alguma caixa.

A caixa não estava exatamente enterrada. Só uma pequena parte dela estava embaixo da terra. A outra parte estava camuflada pelas folhas e por pequenos galhos.

Conferindo assim meio por cima, a caixa era mais ou menos do tamanho de uma embalagem, grande o suficiente para transportar uma televisão de vinte polegadas, mais ou menos.

— Era esta a caixa que você estava procurando, Dan?

Fiquei quieto. Óbvio que pensei em tentar enrolar o *Mister* Superperigoso. Mas a cena da mulher saindo do chalé com o meu avô encheu meu coração de medo. Resolvi ser sincero.

— Olha, moço, tá acontecendo um grande mal-entendido.

— Mal-entendido?

– Eu estava na varanda do meu chalé e sem querer vi essa caixa pela luneta. E fiquei curioso, na minha idade a gente é muito curioso, o senhor sabe? E, mesmo que não fosse, não é muito comum uma caixa metálica enterrada no meio da mata... ou é?

Ainda bem que consegui falar com alguma segurança. O cara passou a me respeitar um pouco mais.

– Além de curioso, você me parece também ser um garoto corajoso, Dan.

Será que aquele comentário era um elogio ou uma armadilha?

– Pois você poderia ter ficado com medo de conferir a sua curiosidade...

Achei melhor apostar primeiro na "armadilha". E o cara confirmou que eu estava certo:

– ... pra ter vindo até aqui e trazido junto esses dois nativos, você deve acreditar que nesta caixa tem algo importante...

Qualquer pessoa com mais de dois neurônios perceberia que aquela conversa estava me enrolando cada vez mais.

– ... importante para você...

– Olha, moço...

– ... ou para o seu avô...

– ... não é nada disso.

– ... ou para quem estiver por trás do seu avô.

Eu estava ficando cada vez mais aflito. E a aflição me deixa repetitivo.

– Olha, moço, não é nada disso.

– O que é, então?

– Eu não tenho a menor ideia do que há nessa caixa.

– Mas é bom que você saiba.

Tirando uma chave do bolso, *Mister* Superperigoso continuou fazendo a cena de tortura dele.

– Não se deve decepcionar uma curiosidade tão valente. E você vai mesmo precisar saber.

O cara me entregou a chave.

– Destranque a caixa, Dan. E, se eu fosse você, eu faria isso com o maior cuidado. Pode ser que pule dela alguma coisa e...

Estava claro que o *Mister* Superperigoso estava se divertindo bastante à minha custa com aquela tortura; e parecia que ele queria fazer isso sozinho. Os dois ajudantes de olhos puxados começaram a rir da pausa dramática que ele tinha feito. Mas logo foram obrigados a parar. O seboso fulminou a animação dos dois com um olhar superseboso e voltou a me encarar.

– Ande com isso, Dan, destranque a caixa.

A minha mão começou a tremer. Até aquele momento o Cipó e a Bia tinham ficado totalmente em silêncio. Até aquele momento! Quando eu me abaixei em direção à caixa para obedecer à ordem do *Mister* Superperigoso, a Bia falou, bem aflita:

– Não, Dan!

Os ajudantes do *Mister* Superperigoso foram para o lado dela. Eu me levantei cheio de valentia.

– Deixem a menina quieta!

Fiquei com o maior medo de ter dado uma ordem para os caras. Por incrível que pareça, consegui o que queria. Os dois congelaram onde estavam, como se fosse o *Mister* Superperigoso quem tivesse dado a ordem, e não eu.

Vendo que eles começaram a ficar confusos e que talvez pudessem mudar de ideia e ir de novo em direção à Bia, eu me abaixei para mostrar que já ia abrir a caixa. E foi o que fiz: tirei as folhas e os galhos que estavam quase camuflando a caixa, coloquei a chave na fechadura e dei duas voltas no sentido anti-horário. Ouvi um clique. Pronto, a caixa estava destrancada! Depois de conferir o que eu já tinha feito, o *Mister* Superperigoso chegou mais perto de mim de novo e...

— Abre a caixa, Dan.

E eu a abri.

OS DOZE TRABALHOS DE HÉRCULES

A caixa metálica era forrada por dentro com um tipo de plástico térmico preto. *Mister* Superperigoso deu uma gargalhada que espalhou o mau hálito dele pelos quatro cantos do Universo.

— Isso satisfez sua curiosidade, Dan?

Se eu escrevesse aqui e agora que a caixa estava vazia, não estaria exatamente mentindo. Ela estava quase vazia. No fundo, tinha uma outra caixa, mais ou menos do tamanho de uma caixa de tênis de um adulto.

— É pra eu pegar essa caixa que tá aqui dentro?

— O que você acha?

Tomando algum cuidado para evitar surpresas desagradáveis, peguei a caixa no fundo da outra caixa. Ela era forrada por fora com um couro escuro meio gasto e um tanto quanto pesada para o tamanho. Para não me deixar em desvantagem com o *Mister* Superperigoso, tentei disfarçar a dificuldade que tive pra tirar a caixa de couro de dentro da outra caixa.

Enquanto colocava a caixa de couro no chão, reparei que sobre ela tinha alguma coisa escrita naquelas letras que são usadas pelo exército ou por grupos que fazem passeios pela natureza. Um tipo de letra em linhas retas e onde os pedaços dos desenhos não se juntam direito. O que estava escrito no alto da caixa era BUCANEI-RO 011. A caixa de couro não tinha trinco nem fecho. Levantei a tampa e descobri que, na verdade, era um estojo de equipamento de comunicação.

Dentro da caixa tinha dois aparelhos iguais supermodernos e de aço escovado, que lembravam um pouco um telefone celular grande. Tinha também quatro embalagens de baterias do tamanho de pilhas, e três baterias arredondadas, pequenas e soltas. Não entendi muito bem pra que tanta caixa e tão pouco equipamento. Mas tive medo de perguntar isso. Fiz só a pergunta óbvia:

– Dois celulares?

– Também...

Pelo tom de voz reforçando a palavra "também", *Mister* Superperigoso queria dizer que, além de telefones celulares, aqueles aparelhos tinham outras funções.

– ... acesso a internet, transmissor de dados, câmera fotográfica, câmera de vídeo... mas a principal função deles é que são radiotransmissores...

Gelei mais pela pausa que *Mister* Superperigoso fez do que pelo que ele tinha falado. E ele continuou:

– ... "principal", pelo menos neste momento.

– Daria pro senhor ser um pouco mais claro?

Tomei todo cuidado para não parecer arrogante. Não consegui.

– Além de corajoso, você é também muito arrogante... e ansioso. Só espero que a sua ansiedade não nos atrapalhe.

Não "nos" atrapalhe. Chiii! A coisa ia esquentar.

– Atrapalhar... em quê?

Em vez de me responder, *Mister* Superperigoso tirou os dois celulares-radiotransmissores de dentro da caixa e me entregou um deles.

– Digite duas vezes o número um e acione a tecla *send*.

Fiz o que o cara me pediu. O celular-radiotransmissor na mão dele tocou. Um toque bem estranho, diga-se de passagem, e que lembrava o rugido de uma onça, só que meio metálico.

– Sempre que precisar falar comigo, é só teclar 11, a tecla *send* e esperar um bipe. Isso vai mostrar que o seu aparelho está pronto pra ser usado como rádio. Quando for falar, mantenha a tecla *send* apertada.

Espera aí: "precisar falar comigo?". O que o cara estava querendo dizer com isso?

– Precisar falar com o senhor?

O *Mister* Superperigoso virou uma fera. Uma fera bem sebosa.

– Se fizer mais alguma pergunta, você será jogado às piranhas, antes mesmo de seu avô morrer na mão dos índios canibais.

– Foi mal.

– Fique quieto.

Achei melhor nem concordar com ele, dizendo que eu ia ficar quieto.

– Acione a tecla azul do seu aparelho...

Conferi o aparelho na minha mão. A tecla azul era lateral. Ouvi um bipe.

– ... essa tecla põe o localizador pra funcionar. Agora, aperte-a duas vezes.

Fiz o que o cara disse. Depois de um novo bipe, a tela de cristal líquido se acendeu. Ela ocupava mais da metade do aparelho.

– É por esse localizador que vocês vão se guiar.

– Guiar para onde?

– Está vendo um círculo vermelho no canto esquerdo da tela?

– Hã-hã.

– Colocando o dedo indicador sobre ele, os comandos vão aparecendo na tela. Esse localizador, além de fornecer a sua localização precisa na floresta, está ligado aos localizadores dos mais sofisticados sistemas de busca que você nem tem ideia que possam existir. Espero que tantas horas de *videogame* tenham deixado você esperto, pra aprender rápido a lidar com esse tipo de equipamento.

Eu também esperava! Mas achei melhor continuar quieto. E o *Mister* Superperigoso continuou:

– Agora, Dan, pegue o resto das coisas que estão na caixa maior.

Resto das coisas? Não tinha nada lá dentro!

– Mas...

Foi o medo de apanhar que fez com que eu parasse a minha frase no "mas..." e fosse conferir a caixa grande de novo. O *Mister* Superperigoso estava certo. Dentro dela tinha um saco preto. Acho que foi por causa da cor que eu não tinha visto ele. Apalpei o saco. Estava cheio.

– Abro?

– Abra, e rápido. O tempo do seu avô está passando.

Peguei o saco e fui tirando de dentro tudo o que eu via, o que não era muita coisa: cinco bonés pretos, cinco pares de luvas pretas, óculos de proteção e um mapa antigo, dobrado em oito partes.

– Confira se um dos bonés serve em você, Dan.

Serviu. Ou melhor, tive que ajustar, mas serviu. O boné estava ajustado para a cabeça de um adulto. O *Mister* Superperigoso olhou para a Bia e o Cipó.

– Vocês dois, experimentem os bonés.

A Bia e o Cipó foram bem rápidos. Os bonés inicialmente ficaram meio frouxos na cabeça deles. Os dois, bem espertos, ajustaram os bonés rapidinho.

– Ótimo. Você, Dan, que parece ter mais habilidade pra isso do que os outros dois, fixe os sensores nos bonés.

– Sensores?

– Rápido.

Sobre quais sensores o cara estava falando? Eu me lembrei das baterias no fundo da caixa de couro. Elas poderiam ser sensores e não baterias. E eram. Cada um tinha um botão vermelho minúsculo. Peguei os três sensores.

– Estes?

– Claro. O que mais poderiam ser? Fixe os sensores nos bonés.

Eu estava começando a entender o plano do *Mister* Superperigoso. E não gostei nada do que estava entendendo. Fiz logo o que o cara pediu. Tirei o boné da minha cabeça, peguei os bonés da Bia e do Cipó, fixei os sensores que tinham uma espécie de alfinete minúsculo dobrável em um dos lados, devolvi os dois bonés para eles e coloquei o meu de volta na minha cabeça.

– Por esses sensores eu vou saber exatamente em que lugar da floresta vocês estarão.

Infelizmente, o que eu tinha imaginado, e temido!, estava se concretizando exatamente: o *Mister* Superperigoso ia usar nós três para alguma coisa. Que coisa seria essa? Eu comecei a abrir o mapa... o cara virou uma fera de novo!

– Eu mandei você abrir o mapa?

– Foi mal.

Aí ele olhou para mim com uma profundidade assustadora. Em seguida, conferiu com a mesma profundidade a Bia, o Cipó e...

– Eu vou falar só uma vez; portanto, prestem muita atenção: esses óculos têm sensores que ajudam a enxergar à noite sem chamar a atenção de animais ou de outras pessoas. Essas luvas estão protegidas contra mais de cem tipos diferentes de veneno, muitos deles, mortais. E esses sensores nos bonés de vocês são superpotentes; e por eles eu posso até controlar o tamanho do passo de vocês.

Controlar?

– Controlar como?

Pela pergunta que fez, o Cipó estava pensando as mesmas coisas que eu. A pergunta do Cipó não incomodou tanto o *Mister* Superperigoso quanto as perguntas que eu tinha feito.

– Dando choques em vocês.

A maneira como o cara falou fez doer tanto que parecia até que já tínhamos levado aqueles choques.

– Pois bem. Guardem a caixa de couro na caixa térmica, escondam a caixa térmica em algum lugar seguro e arrumem um meio de transporte aquático para se locomoverem pela floresta... O cara respirou fundo. O bafo dele embrulhou o meu estômago.

– Quando tudo isso tiver acontecido, só quando tudo isso tiver acontecido, Dan, você entra em contato comigo pra eu te autorizar a abrir o mapa e pra que eu passe as próximas coordenadas. Mais uma coisa... Nessa hora *Mister* Superperigoso falou olhando só na direção do Cipó e da Bia:

– ... se vocês dois comentarem sobre o que está acontecendo com alguém, "ai" de vocês, e "ai" da pessoa com quem vocês comentarem.

O cara nem quis saber se tínhamos entendido. Virou as costas, fez um sinal para os dois outros homens acompanharem ele. E ia saindo...

– E o meu avô?

É. O problema do cara era só com as minhas perguntas. Ele virou fera de novo. Mas bufou a fúria para dentro de si mesmo e me respondeu:

– Ele está protegido. Só até você cometer o primeiro erro, o que eu acho que não vai demorar, Dan.

Aí, sim, o cara virou as costas de novo e saiu com os outros dois homens. Eu não sabia o que pensar, o que dizer e muito menos o que fazer.

Que fria! Que cilada! Onde é que eu tinha me metido? Onde é que eu tinha metido o Cipó e a Bia? O que ia acontecer com o meu avô? O que aquele cara seboso ia querer que a gente fizesse?

Deve ter sido o peso desse monte de dúvidas que fez com que eu caísse de joelhos no chão.

– Tô perdido.

– Tem certeza, Dan?

Eu nunca tinha ouvido um "tem certeza, Dan?" tão confuso, tão magoado, nem tão desconfiado quanto aquele que a Bia usou para me mostrar que ela estava esperando mais de mim do que um desabafo. Estava estampado no belo rosto daquela gata amazônica que o que ela queria era uma explicação.

Respirei fundo, me levantei e olhei o mais profundamente que consegui nos olhos da Bia, nos olhos do Cipó, voltei a olhar para a Bia e...

– Vocês querem uma explicação, não querem?

Devo ter ficado com vergonha de ter sido tão óbvio. O meu rosto ficou até quente. Mas, para minha surpresa, a Bia olhou ainda mais para dentro dos meus olhos do que eu tinha olhado dentro dos olhos dela.

– Claro que queremos, Dan. Mas, pelo que tô entendendo, você não tem muito o que explicar. Ou tem?

Se eu achasse que poderia confiar na Bia e no Cipó para dizer exatamente o porquê de eu ter voltado para a Amazônia, bem que eu tinha falado. Mas eu não podia. Pelo menos não por enquanto.

– Mais ou menos, Bia. Eu e meu avô não viemos pra Amazônia só pra passear. Mas o porquê de termos vindo não tem nada a ver com essa confusão em que acabei metendo vocês dois...

Fiz uma pausa para esperar alguma pergunta que chegasse mais perto do motivo da minha viagem. Nada.

– ... eu sei que, aparentemente, vocês dois não têm nenhum motivo pra confiar em mim.

Foi aí que fiquei mais surpreso. O Cipó, que estava praticamente quieto ou só falando pequenas bobagens, disse uma das coisas mais inteligentes para se dizer naquele momento:

– Mas também não temos nem a chance de desconfiar.

Para mim, era quase impossível acreditar que o garoto que disse aquilo era o mesmo que vinha se mostrando meio infantil, medroso e óbvio.

Isso me fez lembrar de que tinha sido ele, o próprio Cipó, quem de alguma maneira tinha me despertado para essa história toda, quando avisou pra eu tomar cuidado com o chalé número onze.

Espera um pouco: onze era exatamente o número que estava escrito na caixa; e onze era também o número que o *Mister* Superperigoso usou pra fazer a comunicação entre o celular-radiotransmissor dele e o que ele deixou comigo.

– O Cipó tem razão, Dan. Não é hora de pensar em confiar ou em deixar de confiar. Seja lá por que foi que isso aconteceu, nós três estamos juntos nessa história...

A Bia falava com muita sinceridade. Isso a deixava ainda mais gata.

– ... vamos fazer o que o homem disse.

A ideia da Bia era mesmo a melhor para se colocar em prática.

– Ele disse pra gente guardar essa caixa em algum lugar seguro...

Quem me completou foi o Cipó:

– ... achar um meio de transporte aquático e ligar pra ele.

– É isso aí.

– Acho que sei onde nós podemos esconder essa caixa: tem um lugar embaixo do hotel.

– Como vamos levar ela até lá?

– Carregando.

O Cipó tinha razão. Balancei a caixa. Vazia como estava, ela não era tão pesada.

– Pra que será que nós vamos precisar desta caixa?

Pelo silêncio da dupla amazônica, eles não sabiam como responder à minha pergunta. Mas a Bia tinha uma ideia para resolver a segunda parte do nosso problema.

– Como meio de transporte, nós podemos usar a canoa do meu pai.

– Será que ele vai deixar, Bia?

Pela pergunta que ele fez, ficou parecendo que o Cipó tinha tido uma recaída e voltado a pensar coisas infantis.

– Se eu pedir, é claro que não. Como a gente não pode comentar sobre isso com ninguém, acho que tá tudo resolvido.

Deu um pouco de trabalho levar a caixa metálica para o lugar seguro embaixo do hotel. Não pelo peso; pelo tamanho. Por sorte nossa, aquele era um horário em que os hóspedes do hotel estavam passeando ou descansando ou sei lá fazendo o quê. Ninguém viu a gente.

A Bia quis ajudar no transporte da caixa, mas nem foi preciso. Pra atravessar o igapó, colocamos a caixa na canoa que íamos usar logo mais. Pegamos todas as baterias do celular-radiotransmissor, os óculos, as luvas... trancamos a caixa, guardei a chave... camuflamos a caixa com folhas e galhos...

– Pronto.

... e voltamos até a canoa no igapó.

Assim que subimos na canoa, problemas: o Cipó e a Bia queriam remar.

– Tá louca, Bia?

– Por que louca, Cipó? A canoa é do meu pai. Eu tô mais acostumada a remar do que você.

Eu não estava acreditando que estávamos perdendo tempo com uma bobagem daquelas.

– Deixa o Cipó começar remando, Bia. Depois você rema. Se precisar, é só me ensinarem que eu também remo. Eu não posso perder muito tempo.

Quando falei em perder tempo, claro que a dupla amazônica entendeu que eu estava falando sobre o meu avô. Um sinal de urgência se acendeu de novo entre nós três e a Bia entregou os remos para o Cipó.

– Pega os remos, vai... logo você vai se cansar mesmo.

O Cipó não deu muita bola pra provocação da Bia. Ficou um silêncio meio tenso dentro da canoa.

– Liga pro homem, Dan.

Peguei o celular-radiotransmissor, apertei duas vezes a tecla 1, a tecla *send* e fiquei esperando o bipe pra chamar o *Mister* Superperigoso.

PIRANHAS

Não sei dizer agora quanto tempo fiquei esperando o sinal sonoro para chamar o *Mister* Superperigoso. Mas foi tempo suficiente para eu encarar de novo o Cipó e a Bia e perceber os dois de uma maneira diferente da que eu tinha percebido até aquele momento. Fiquei achando que eles estavam aceitando tudo muito fácil. Sem muitas perguntas. Esse silêncio todo, essa falta de curiosidade estavam começando a me intrigar. Será que eles estavam me escondendo alguma coisa tão séria quanto o que eu estava escondendo deles? Alguma coisa grave? Ou perigosa? Eles estavam, sim, na mesma fria que eu. Mas e se os dois estivessem ali de propósito? E se tudo fosse um plano deles com ou sem o *Mister* Superperigoso só para me pegar? É, porque aquela luneta poderia muito bem ter sido "plantada" no meu chalé de propósito! Para eu ver a caixa de propósito! Eu não podia deixar de pensar que era bem esquisita aquela história do Cipó de me atrair até a água dizendo que era para salvar o pai dele, um boto!

— Dan...

E o aparecimento da Bia, então, que para mim mais pareceu uma miragem?

– Dan...

Pra onde será que tudo aquilo ia me levar?

– Você não vai chamar o homem, Dan?

Só quando a Bia me chamou pela terceira vez foi que eu consegui voltar a prestar atenção nela.

– Oi?

O Cipó tentou ser didático:

– Você não estava esperando o bipe do rádio?

– Estava.

– Então... o rádio já fez o bipe. Você não escutou?

Estranho. Pelo jeito como o Cipó falou, parecia até que ele sabia usar o celular-radiotransmissor melhor do que eu.

– Ah!

A Bia insistiu:

– Fala logo, Dan. Ele deve estar esperando.

Recuperado do que eu tinha acabado de pensar, acionei o botão *send*.

– A-Alô... alô...

Eu não sabia como chamar o cara. Claro que eu não podia dizer "*Mister* Superperigoso".

– ... o senhor tá na escuta?

Assim que soltei a tecla *send*, entrou um sinal de estática seguido da voz do *Mister* Superperigoso:

– *Pra alguém que cresceu em uma cidade como São Paulo, você é bem lento... a sua chamada demorou muito.*

O cara continuava o mesmo!

– Foi mal.

Como ele sabia que eu era de São Paulo?

– *Já não disse que não é pra você me responder?*

Fiquei quieto.

– *Hein?*

– *Disse... é que...*

– *Não é pra você interagir com o que eu disser. Só responda quando for alguma coisa que tenha a ver com as ordens que eu vou dar.*

– Combinado.

– *Você está com o mapa?*

– Tô.

– *Guarde-o em algum lugar seguro. Você só vai precisar dele se o localizador falhar. O mapa está copiado no localizador. Acabei de programá-lo pra sinalizar o trajeto que quero que você faça. Assim que eu desligar, acione o aparelho. Nos comandos principais vai aparecer um ícone "mapa". Coloque o dedo sobre ele. Procure no mapa a indicação diretriz um, é o lugar onde vocês estão agora. Siga pelo igapó no sentido contrário de onde está o hotel e vá seguindo as diretrizes até chegar à diretriz quatro... Aí, faça um novo contato pelo rádio.*

Entrou de novo o sinal de estática e o aparelho ficou mudo, mostrando que o *Mister* Superperigoso tinha desligado. O cara era muito autoritário. Parecia um ditador falando. Parecia mais: que ele tinha um grande prazer em falar daquele jeito.

Como todo mundo tinha escutado perfeitamente, enquanto eu acionava o mapa no localizador, o Cipó começou a remar...

– É pra remar na direção contrária ao hotel, certo?

– É isso aí, Cipó.

As árvores em volta do igapó formavam uma espécie de túnel. O leito do igapó era estreito, raso e cheio de galhos e folhas. O Cipó tinha que fazer um pouco de força pra remar e a canoa ia esbarrando nos galhos e nas folhas.

Foi fácil acessar a imagem do mapa no localizador. Não era uma imagem como se fosse um desenho de mapa. Era tridimensional, tinha desenho de árvores, relevos, leitos de rio... e legendas. Movendo o dedo sobre a tela eu podia movimentar o mapa pra cima, pra baixo e pros lados.

– Parece cenário de *videogame*.

Ao mesmo tempo que localizei a diretriz um no mapa, vi que o igapó era bem curto. A Bia confirmou isso.

– Logo o igapó vai terminar.

Pelo visto, a gata amazônica conhecia aquela região como a palma da mão. Assim que fizemos uma curva à esquerda, deu pra ver que o igapó terminava em um outro leito de água, um pouco maior.

– Aquilo é um rio?

– Ainda não. Pra gente, aqui na Amazônia, rio é coisa grande.

Eu, que já conhecia o rio Negro, que é bem longo e bem largo, achei melhor nem questionar a explicação da

Bia. Até porque eu tinha que me concentrar no mapa, pra achar a próxima diretriz.

O Cipó quis saber o que fazer quando a canoa chegasse ao final do igapó.

– Eu viro pra direita ou pra esquerda?

– Deixa eu ver...

Movimentei o mapa para cima. A diretriz dois indicava o lado direito.

– ... mas tem uma coisa que eu não tô entendendo aqui no mapa.

– O quê?

– Embaixo da palavra "diretriz" tem uma legenda dizendo "igarapé-açu".

– Então, tem alguma coisa errada...

Pra conferir se a teoria dela estava certa, a Bia teve que chegar bem perto de mim. Eu senti uma coisa estranha. Muito parecida com o que senti quando *Mister* Superperigoso comentou que eu poderia levar um choque quando abrisse a caixa metálica.

Eu devo ter feito uma cara bem esquisita. Ou engraçada. A Bia achou graça e abriu um sorriso... mas um sorriso!... Uau! Que eu tive de me segurar para não ser jogado pra fora da canoa.

– Tá tudo bem, Dan?

– Não sei... quer dizer... eu é que pergunto.

Como se nada tivesse acontecido, a Bia se concentrou de novo no aparelho na minha mão, confirmou que ela tinha razão e falou com o Cipó:

– É melhor você virar à esquerda, antes, Cipó!

Sem parar de remar e já seguindo a orientação da Bia, o Cipó quis saber, agora, o porquê da mudança. E a Bia...

– É que esse mapa deve estar fazendo referência ao segundo igarapé, que fica logo ali, à esquerda. Esse primeiro igarapé é igarapé-mirim...

Mesmo já recuperado do susto de ter a Bia tão perto de mim, eu continuava atrapalhado com as coisas que ela dizia; e com o jeito como ela falava. Cada vez mais aquela gata amazônica parecia ser dona da floresta.

– ... em tupi, "mirim" é pequeno; "açu" é grande.

– Vocês são descendentes de indígenas?

– E, no Brasil, quem não é?

A Bia tinha entendido o que eu tinha perguntado. Ela só falou aquilo meio de brincadeira.

– O meu avô era índio... e minha mãe, mistura de negros, índios e espanhóis.

– Tudo isso, Bia?

– Até onde eu sei... e você, Dan?

Quando ouvi a pergunta, eu me lembrei do meu avô. Fiquei com medo e saudade ao mesmo tempo.

– Meu avô por parte de pai é filho de portugueses, e a minha mãe é mineira, mas com mistura de portugueses, e lá bem atrás devem ter índios também...

Quando fiz essa pausa pra respirar, prestei atenção no Cipó, e mais atenção ainda no silêncio tenso que ele estava fazendo.

– ... e você, Cipó? É descendente do quê?

A minha pergunta deve ter feito muito mal ao garoto. O Cipó remou com tanta força que até levantou água em volta da canoa. Alguns peixes que estavam em volta da canoa até pularam. E o Cipó também deu um pulo, de susto.

– Tem piranhas aqui.

– Onde?

Enquanto a Bia perguntava, os olhos dela já iam vasculhando em volta da canoa. Será que o *Mister* Superperigoso tinha nos entregado para as piranhas?

– Ali, Bia... tá vendo?

A gata amazônica conferiu em volta da canoa. Tinha por perto um cardume de peixes meio compridos e ovalados, bem parecidos com as piranhas que eu já tinha visto em um filme.

– Não é piranha, Cipó.

– Claro que é...

– ... é pacupeba.

Pacupeba? Nunca tinha ouvido falar sobre esse peixe.

– É piranha, Bia. Pacupeba é mais claro.

– Piranha é mais escura.

Aquele duelo entre os dois estava começando a me irritar.

– E que diferença isso faz pra gente agora?

– "Faz" que a Bia quer sempre saber tudo... e mais... e melhor...

O Cipó irritou dez vezes mais a Bia com o que acabava de dizer.

– E você, Cipó, sempre acha que tudo o que aparece na sua frente é perigoso... mortal...

– Esse peixe é piranha, Bia.

– Não é... e eu vou te provar que não é.

Sem esperar nem um segundo, a Bia colocou o braço para fora da canoa e enfiou a mão na água. O Cipó ficou pálido.

– Eles vão comer a sua mão, Bia.

Alguns peixes do cardume vieram até a mão dela, viram que não tinha nada ali que interessasse para eles e foram embora. Com um ar ainda mais superior, a Bia encarou o Cipó:

– Mais alguma dúvida, medroso?

Ficou um silêncio meio constrangedor. Fiquei achando que a Bia não precisava ter se exibido tanto ou deixado o Cipó tão envergonhado. Pelo visto, aquela menina era fogo!

A confusão tinha abafado a minha pergunta sobre a origem do Cipó. Pensei em continuar a conversa desse ponto, mas parecia que ele precisava tirar alguma dúvida prática sobre o caminho com a Bia.

– Tem certeza de que é pra virar à esquerda, Bia?

– Claro que tenho.

Achei melhor deixar o assunto "origem" para depois e fiz um comentário bem banal:

– Até agora, não vi nenhum bicho na mata.

Nenhum dos dois amazônicos deu a menor bola pro meu comentário banal, e entramos no igarapé, que tinha o dobro de largura do igapó e devia ser, também, bem mais fundo e ter menos troncos. A canoa começou a deslizar sobre a água com mais facilidade. As árvores em volta do igarapé eram mais espaçadas e atrás delas se viam outras maiores e mais fechadas.

– Você trabalha no hotel há muito tempo, Cipó?

Aquela minha pergunta tinha certa provocação. Tudo bem para mim deixar o assunto origem de lado com o Cipó por um tempo; mas eu queria, e precisava, saber um pouco mais sobre ele e, assim, tentar saber mais, ter alguma pista sobre quem era de verdade aquele cara seboso.

– Mais ou menos.

A resposta do Cipó não me ajudou muito. Só que eu não podia deixar o assunto de lado.

– Mais... ou menos?

– A Mayra é minha mãe.

Pela maneira como o Cipó disse que a Mayra era sua mãe, ficou claro que o garoto tinha ficado pensando na conversa anterior. Eu tentei aproveitar a chance para investigar mais um pouco a origem do garoto.

– Vocês moram no hotel?

– Na hora que a gente se conheceu, eu já não te disse que não?

– Desculpa, cara.

– Que moleque chato.

– Eu já pedi desculpas.

Meu segundo pedido de desculpas deixou o Cipó envergonhado.

– Acho que também tenho que te pedir desculpas. Eu tô muito assustado com isso que tá acontecendo.

A Bia tentou provocar um pouco mais o garoto.

– Talvez, se você falar pra gente tudo o que sabe, ajude você a se acalmar...

–... ou nos ajude a tentar entender.

O Cipó não gostou nada de eu ter completado a frase da Bia.

– Vocês vão ficar de duplinha agora, é? Um começa uma frase e o outro termina?

Bem ciumento o jeito de falar do Cipó. Deu para perceber que, além do ciúme, ele estava com muito medo.

– E agora, Bia?

O que salvou o Cipó de ter que falar, pelo menos naquele momento, foi que já tínhamos chegado a um ponto do igarapé onde aparecia um outro igarapé, à direita, e um pouco mais largo do que aquele em que a gente estava.

– "E agora" o quê? Entra no igarapé, Cipó.

O Cipó começou a remar na direção desse outro igarapé. E ele fazia isso muito desconfiado. Não parecia mais que o garoto estava pensando na família. Parecia agora que tinha uma coisa preocupando o Cipó.

– Tá tudo bem, Cipó?

– Depende do que você vai me dizer agora.

– Como assim?

– Para que lado do igarapé fica a segunda diretriz?

Mais do que depressa, conferi o mapa no localizador.

– Na margem esquerda.

– Então, não tá nada bem.

– Por quê?

Muito aborrecido, como se estivesse tendo que fazer alguma coisa que não queria, alguma coisa difícil e perigosa, o Cipó deu um suspiro e...

– Não tem jeito...

– Não tem jeito o quê, cara?

– ... eu vou ter que falar.

A TERCEIRA
DIRETRIZ

– Não para de remar, Cipó.

Eu disse isso porque percebi que, pra começar a falar, o Cipó ameaçou parar de remar.

– Você não quer que eu fale?

– Não é isso. Se a canoa parar em algum lugar fora da diretriz, *Mister* Superperigoso vai saber que nós paramos.

– E daí?

– Daí que o cara pode achar que nós estamos tramando alguma coisa. É melhor não arriscar.

Vendo que eu estava com razão, o Cipó nem quis criar confusão. Continuou remando, só que um pouco mais devagar.

– Deixa eu ver no mapa, mais ou menos, onde tá a diretriz dois, pra confirmar se eu tô certo.

Aproximei o localizador do rosto do Cipó, para ele enxergar a tela e a indicação da diretriz.

– Agora, sobe um pouquinho o mapa, pra eu ver a próxima diretriz.

Fiz o que o Cipó pediu e, com ele, vimos que a terceira diretriz ficava no meio do mato. O garoto arregalou um pouco os olhos, como se tivesse confirmado mais uma vez o que não queria.

– É... acho que eu tô certo.

Eu já não aguentava mais o suspense do Cipó.

– Será que dá pra você ser mais claro, Cipó?

– Sabe pra que lado fica a terceira diretriz, Bia?

– Não.

Pelo jeito como a Bia respondeu, estava na cara que ela sabia, sim. O que ela não queria era confirmar. O Cipó ficou meio bravo.

– Claro que você sabe.

– Lá vem história...

– Não é história. E você sabe muito bem que não é.

Aquela briga entre os dois estava fazendo a minha curiosidade virar irritação.

– Será que eu posso participar da conversa também?

A Bia começou a falar...

– O Cipó tá querendo inventar.

... e o Cipó terminou:

– Eu estou querendo dizer, Dan, que a direção pra onde o tal *Mister* Superperigoso tá mandando a gente é mais perigosa do que dez *Misters* Superperigosos juntos.

– Como assim, perigosa?

– É lá que ficam os índios mais terríveis da Amazônia. Os índios...

– É mentira dele, Dan.

Incomodava muito a Bia o que o Cipó estava tentando me dizer.

– Deixa o Cipó terminar, Bia.

O Cipó se sentiu bem vitorioso por eu ter, aparentemente, defendido ele.

– Gostou, Bia?

– Não provoca ela, Cipó.

– A Bia é que tá me provocando, Dan.

– Não é provocação. A cabeça do Cipó não para de inventar histórias. Esses índios que o Cipó tá dizendo não existem.

Como a história do Cipó estava deixando a Bia furiosa! Eu precisava dar um jeito de frear a fúria dela.

– Você ainda não deixou ele dizer. Continua, Cipó.

– Tem uma aldeia...

– Aldeia que ninguém nunca viu!

– Deixa ele falar, Bia.

Eu disse aquilo com tanta segurança que não tinha como a Bia não ficar quieta.

– Deixo.

– Pro lado da floresta onde o *Mister* Superperigoso está mandando a gente, ficam os índios Tutu...

Quando ouvi o nome dos índios que o Cipó estava falando, quase caí da canoa de novo! Mas me segurei. E tentei disfarçar.

– ... são índios nômades. Sabe o que quer dizer nômade, Dan?

– Claro que sei.

– Então, eles andam pela mata mudando a sua aldeia de lugar.

A minha influência sobre a Bia tinha durado pouco.

– Só que esses índios mudam tanto que ninguém nunca viu um único Tutu.

– Se você quer explicar, explica direito, Bia.

– Explico: falam um monte de coisas sobre eles, mas ninguém nunca viu um único índio Tutu.

– Tem gente que conhece quem já viu.

– Isso é lenda, Cipó.

– Também é lenda o que aconteceu com quem tentou ir atrás deles?

Silêncio absoluto e insuportável, pelo menos para mim.

– Será que alguém pode me dizer o que aconteceu?

– Eu falo ou você quer falar, Bia?

Estava incomodando muito a Bia ter que dar o braço a torcer.

– Fala você, Cipó.

– Ninguém nunca voltou dessa região pra onde nós estamos indo.

Espera aí: se o *Mister* Superperigoso estava mandando a gente para um lugar de onde ninguém nunca voltou, então como iríamos fazer o que ele queria que a gente fizesse? Eu estava entendendo cada vez menos.

– Se ninguém nunca viu os Tutu, e se eles são nômades, como é que você sabe até pra que lado eles ficam, Cipó?

– Se a pessoa se aprofundar muito pela mata, nessa direção que tá no mapa, vai chegar a um lugar desconhecido da floresta... parece que a floresta lá é minada.

– Como assim, minada?

– Não é que tenha minas, como nessas cidades em guerra que se vê na televisão. É porque, dizem, cada passo em falso pode ser fatal.

– Fatal como?

– Porque as coisas que a floresta esconde lá são terríveis.

– Terríveis?

– Com bichos selvagens desconhecidos e plantas venenosas que ninguém nunca viu... e a aldeia fixa dos índios Tutu... que são canibais.

– Canibais?

– Eles comem a carne dos seus prisioneiros.

Cada vez que o Cipó repetia o nome dos índios Tutu, eu fazia o maior esforço para parecer que aquele nome não me dizia nada.

– Bia, o que você acha exatamente dessa história toda?

A Bia poderia ter sido menos cruel.

– Acho tão verdadeira quanto o Cipó andar pelos igapós, igarapés e rios procurando o pai dele em cada boto-cor-de-rosa que aparece.

O Cipó ficou furioso.

– Uma coisa não tem nada a ver com a outra.

Espera um pouco! Se a Bia não acreditava mesmo na história dos Tutu, por que é que aquela conversa tinha deixado ela tão nervosa? Tão furiosa?

– Bia, você não acredita que existam esses índios ou que exista essa parte da floresta que o Cipó acabou de falar?

Minha pergunta deixou a Bia confusa. Bem confusa. Ela não sabia o que me responder.

– Se ninguém nunca voltou dessa parte da floresta, não faz muito sentido o *Mister* Superperigoso estar mandando a gente pra lá... ou faz?

Nenhuma resposta. Só o silêncio e uns pios de passarinhos perdidos pelo mato.

– Vocês querem parar por aqui?

Claro que o Cipó e a Bia não iam conseguir sair daquela história nesse momento. Se fizessem isso, o *Mister* Superperigoso não ia dar sossego para eles. Mesmo achando isso, eu estava sendo supersincero quando fiz essa pergunta. Supersincero, mas ingênuo.

– Não dá pra gente parar, Dan.

– É, Dan... desta vez eu sou obrigada a concordar com o Cipó...

A pausa da Bia foi bem enigmática. Ela fez essa pausa como preparação para responder à minha pergunta sobre ela acreditar ou não em "toda" a história que o Cipó tinha contado.

– ... sinceramente, Dan, eu não acho que tenha algo de terrível nesse lugar pra onde nós estamos indo.

– Lá vem a Bia.

– Espera, Cipó.

– Deixa a Bia falar, Cipó.

– Obrigada! Continuando: eu acho que não tem nada de terrível ou parecido com o que o Cipó disse na parte da floresta pra onde estamos indo, isso não quer dizer que eu ache que ir até lá não seja perigoso.

– Não?

– Pelo contrário, Dan. Tem muita coisa perigosa acontecendo na floresta e que pode ser bem pior do que bichos selvagens desconhecidos ou plantas venenosas.

Esperei uns doze segundos pra ver se o Cipó ia querer discordar da Bia mais uma vez. Ele não quis. O garoto estava tendo que se concentrar em manobrar a canoa em volta de uma árvore enorme, que nascia dentro do igarapé como se fosse uma ilha. Muitas plantas cresciam enroladas na árvore. Ah! Boiando na água, tinha também umas vitórias-régias, aquelas plantas aquáticas redondas e enormes.

Pena eu não poder prestar muita atenção nesses detalhes amazônicos. A conversa dentro da canoa era mais importante; pelo menos naquele momento.

A Bia continuou:

– Tem muita gente camuflada pela floresta.

– Que gente camuflada é essa?

– Gente perigosa... muito perigosa...

O Cipó interrompeu a Bia. E não pra discordar dela.

– Confere o lugar exato da segunda diretriz, Dan.

Conferi o mapa no localizador.

– A diretriz dois é uma pedra quase redonda na margem do igarapé-açu.

– Pedra redonda?

– Deve estar perto. Estou vendo aqui no mapa essa árvore ilhada que acabamos de contornar.

– Quer que eu reme um pouco, Cipó?

– Não, obrigado.

Fazia um tempão que a Bia e o Cipó não trocavam duas frases completas, tão simpáticos um com o outro, como essas duas últimas. Mas a gentileza durou pouco.

— Então, vai mais rápido.

— Nós estamos indo bem.

— Bem devagar, você quer dizer.

— Por que tanta pressa agora, Bia?

— Vai me dizer que você não tá reparando no tempo, Cipó?

Pela cara que ele fez, o Cipó estava percebendo alguma coisa de diferente, sim.

— Não.

— Então, você não tá vendo que daqui a pouco vai anoitecer?

Anoitecer? E agora?

— Ainda vai demorar.

— Não vai demorar muito, não, Cipó.

— Como é que a gente vai fazer quando anoitecer?

A última pergunta podia muito bem ter sido feita pelo Cipó, mas fui eu quem fez. E ninguém me respondeu. Achei melhor não insistir.

— A pedra...

O Cipó apontou pro lado onde ele tinha visto a pedra, e eu e a Bia pudemos conferir. Era uma pedra grande, como se fosse um píer natural. Daria para eu me deitar esticado sobre ela e ainda sobraria espaço.

A Bia ficou intrigada.

— Eu nunca tinha reparado nessa pedra por aqui... também, não é sempre que eu venho pra esses lados.

– Acho que ela fica encoberta pela água a maior parte do tempo.

– Tem razão, Cipó. Olha como ela tá lisa.

– Vou tentar chegar com a canoa o mais perto possível...

O comentário do Cipó era desnecessário. Qualquer pessoa poderia perceber que dava para encostar a canoa na pedra sem nenhum problema.

– Pronto.

Antes mesmo de a canoa parar, a Bia pulou na água. Não dava pé. Ela se apoiou na beira da canoa.

– Me passa a corda, Dan.

– Qual corda?

– A corda pra amarrar a canoa.

– Ah.

Olhei para dentro da canoa e vi que tinha uma corda velha e com uma das pontas amarrada nas madeiras que serviam de banco. Entreguei a ponta da corda que estava solta pra Bia.

– Obrigada.

Ela levou a corda até uma das plantas com galhos mais fortes na beira do igarapé e a amarrou com três nós.

– Quer que eu amarre mais forte?

A minha tentativa de ajudar soou muito mal pra Bia. Ela respondeu bem irônica...

– Vai fazer calos na sua mão.

... e saiu da água. O Cipó saiu da canoa e eu também ia saindo, quando me lembrei de uma coisa:

– Acho melhor levarmos as outras coisas que o *Mister* Superperigoso deixou com a gente.

Entreguei um par de óculos pra Bia, outro pro Cipó, e pendurei o par que ficou comigo na gola da minha camiseta, dando ideia para que os dois fizessem o mesmo. Eles gostaram da sugestão. Reparei que os calções dos dois não tinham bolsos.

– Querem que eu leve as luvas nos bolsos da minha bermuda?

Pela cara que os amazônicos fizeram, eles também gostaram dessa ideia. Guardei as luvas nos bolsos de trás, as baterias nos bolsos de baixo, o mapa no mesmo bolso onde estava o meu telefone celular que eu tinha trazido de São Paulo, e ia guardando o localizador no bolso esquerdo, mas me lembrei de que logo mais eu ia precisar dele.

Saí da canoa e fiquei em cima da pedra lisa, ao lado do Cipó e da Bia.

– Acho bom eu conferir o localizador, antes de entrarmos na mata.

Movimentei o mapa de um jeito que pudesse ver ao mesmo tempo onde nós estávamos e para onde devíamos ir. Reparei que o brilho da luz da tela estava mais nítido, sinal de que estava mesmo começando a anoitecer.

– A diretriz dois fica exatamente em frente à diretriz três, em direção ao interior da mata.

A caminhada seria em linha reta. O Cipó e a Bia começaram a andar na frente. O mato era baixo. Não tinha o menor sinal de trilha. Nós íamos ter que inventar uma trilha em linha reta dentro daquele mato. O chão de folhas era fofo. Olhei de novo para a diretriz três, pra ver se, como tinha uma pedra desenhada na diretriz dois, teria alguma dica sobre essa outra. E tinha!

– Não tô entendendo.

O Cipó e a Bia pararam.

– Não tá entendendo o quê?

– Aqui no mapa, junto com a diretriz três, tem um desenho...

Os olhos da Bia e do Cipó se juntaram aos meus para conferir a tela de cristal líquido do localizador, cada vez mais nítida.

– ... parece um buraco em um barranco.

Quem arriscou o primeiro palpite foi o Cipó.

– Deve ser uma caverna.

O segundo palpite foi a Bia quem deu.

– Deve ser uma toca...

O palpite da Bia saiu com tanta segurança que imediatamente deixou de ser um palpite.

– ... é uma toca...

Virou uma premonição!

– ... uma toca de onça.

A HORA
DOS INSETOS

– É uma toca de onça.

Quando a Bia disse que achava que aquele desenho no mapa do localizador era de uma toca de onça, ela não usou só um tom de premonição. Tinha misturado nele, também, uma surpresa muito grande, acho que com a precisão do mapa.

Uma curiosidade bem intrigante. Não era bem curiosidade, ou não era só curiosidade. Tinha alguma coisa parecida com certeza. Como se ela soubesse muito bem o porquê de estarmos sendo mandados na direção daquela toca.

A Bia continuou andando na frente, como se não tivesse ficado com nenhum milímetro de medo de estar caminhando em direção a uma toca de onça.

Mais à frente, íamos ter que começar a andar no meio de umas árvores. Percebi que no chão fofo, além das folhas, tinha também uns tocos, uns pedaços de raiz. Logo na primeira árvore, vimos três pequenos macacos marrons pendurados. Finalmente eu começava a ver os bichos da floresta mais ou menos de perto.

– Não é melhor a gente esperar, Bia?

A quantidade de medo que dava para perceber na pergunta do Cipó fez com que as palavras demorassem um século para sair da boca trêmula do garoto.

– Esperar o quê?

O Cipó não sabia o que responder. Só sabia fazer mais perguntas.

– Não é melhor a gente tentar se livrar disso?

– Claro que é, Cipó. Você tem alguma ideia melhor do que ir logo?

Silêncio absoluto. Só os pios de passarinhos que deviam estar camuflados entre as árvores. Além de pios, eu comecei a ouvir de novo uns barulhos esquisitos: roncos, gritos, breves urros... mas sempre meio longe.

– Então, enquanto isso, enquanto uma ideia pra tirar a gente dessa confusão não aparece, vamos andando, pra gente não complicar ainda mais o que já tá me parecendo bem complicado.

Claro que eu também estava com medo. Mas não foi por isso que fiquei quieto. O que me fazia andar silencioso pelo chão de folhas fofo, logo atrás da Bia, era a minha vontade, e necessidade, de pensar.

Já tinha se passado algum tempo e o meu susto inicial tinha ficado pra trás. Eu estava tentando usar a duração daquela caminhada para tentar arrumar um jeito de me preparar – tanto para o que poderia estar vindo pela frente como me preparar para me livrar, livrar o meu avô e livrar os meus novos amigos daquilo tudo. E comecei a ter uma ideia!

– Cipó...

– Fala, Dan.

– ... por que você acha que os Tutu existem mesmo?

– Você também?!?

– Eu só tô perguntando.

– Eu não tenho razão nenhuma pra duvidar.

– E por que você acha que o *Mister* Superperigoso está mandando a gente em direção a eles?

Essa era mais uma pergunta que o Cipó não sabia responder.

– Os Tutu...

– Esses índios não existem, Dan.

– Deixa o Cipó responder, Bia. O que podem ter os índios Tutu que interesse tanto para o *Mister* Superperigoso e pras pessoas com quem ele... trabalha?

Parecia que tudo o que era dúvida no Cipó se evaporara.

– O segredo das onças.

Como se ela mesma fosse uma onça, a Bia bufou, quase rugiu! E um rugido meio aborrecido, como se fosse começar de novo uma história que ela achava absurda, boba, desnecessária.

– Segredo das onças?

– A onça-pintada é o bicho mais poderoso da floresta... e esconde segredos... Os Tutu fazem rituais pras onças, dizem que isso é que deixa eles canibais.

– Como é que você pode dizer isso pro Dan, assim, sem nem ficar vermelho, Cipó?

Acho que tinha chegado a hora de eu tomar uma posição.

– Bia, eu queria deixar uma coisa clara: eu acredito no Cipó.

– Acredita?

– Acredita?

O primeiro "acredita?" quem disse foi a Bia, totalmente ofendida. O segundo foi o Cipó, óbvio, e de um jeito bem desconfiado. Parecia até que o garoto estava duvidando que eu acreditasse nele.

– Acredita em mim, como?

E agora? Eu não podia parar aí o que tinha começado a falar, mas também não podia ir muito longe com as minhas frases e falar demais.

– Eu já ouvi falar nos índios Tutu.

A Bia e o Cipó pararam na hora em que eu disse isso. Pararam e me olharam daquele jeito que alguém olha para outra pessoa quando espera que ela diga mais do que já disse. Eu só reforcei o que já tinha falado:

– É isso mesmo: eu já ouvi falar nos índios Tutu.

– Onde?

– Quando?

– Como?

– Por quê?

Ainda bem que as perguntas do Cipó e da Bia eram muitas e se atropelaram. Assim, eu não precisaria responder cada uma delas.

– O pai desse meu avô que está comigo aqui na floresta era cientista. Ele trabalhava na Amazônia e sumiu... sumiu sem deixar vestígios, há muitos anos...

– E o que é que os Tutu têm a ver com isso?

– Parece que o que fez com que o meu avô se perdesse, Bia, foi algum tipo de alucinação... nas coisas dele encontradas na floresta, tinha um diário, onde o cara falava sobre um possível contato com os Tutu.

O Cipó ficou muito empolgado com o que tinha acabado de ouvir.

– Tá ouvindo, Bia?

A Bia ficou ofendida.

– Eu não acredito em uma palavra do que você tá dizendo, Dan.

– Não posso forçar você a acreditar.

– Alguém viu o seu bisavô depois que ele sumiu?

A pergunta da Bia deve ter saído assim, tão mal construída, porque a garota estava muito brava, ofendida e nervosa. Mas eu tinha entendido o que ela queria saber. Para responder de um jeito que a minha resposta não atrapalhasse a continuação do que tínhamos que fazer, tive que mentir.

– Não, Bia. Ninguém nunca mais viu o meu bisa depois do contato com os Tutu.

A minha mentira foi aliviante.

– Tá ouvindo, Cipó? A história do Dan só confirma as outras histórias. Ninguém nunca voltou de um contato com um Tutu e...

Eu precisava colocar um freio na Bia:

– Calma aí, Bia. Acho que você não entendeu. Eu disse que acredito na história do Cipó.

Praticamente ignorando o que eu tinha acabado de falar, a Bia continuou:

– E não sei se você reparou, Cipó, que o Dan disse que o bisavô dele teve uma alucinação e que sumiu na floresta.

É, a Bia estava certa. Eu tinha falado em alucinação. E agora?

– Eu...

Assim que eu fiz a pausa depois do "Eu...", os quatro olhos amazônicos se fecharam em volta de mim. Ou melhor, nessa hora, era como se além do Cipó e da Bia, todos os macacos, outros bichos e passarinhos que estavam camuflados na floresta tivessem voltado seus olhos pra mim, querendo saber o que eu ia dizer.

– ... eu acho que os Tutu existem.

Algum efeito positivo, ou definitivo, a minha frase causou, pelo menos na Bia e no Cipó. E, em vez de me bombardear com mais perguntas, a Bia saiu andando pela mata em direção aonde tínhamos que ir. Eu fui atrás dela e o Cipó atrás de mim; no maior silêncio. Silêncio humano, porque os outros seres vivos em volta da gente continuavam a piar, rugir, urrar e bocejar escondidos no mato.

Ah! O ar estava mais abafado. Eu vi uma coisa muito intrigante um pouco à nossa frente. Era como se fosse uma cortina, um muro, de água. Gelei. Será que aquela cortina era um portal para entrar em algum lugar? Chamei a atenção da Bia para o que eu tinha visto.

– Olha...

Ela conferiu sem muito interesse e continuou andando em direção à cortina de água.

– ... o que é aquilo, Bia?

– Água...

– Isso eu já sei... parece uma cortina d'água.

– ... água da chuva.

Foi o Cipó quem me ajudou a entender o que era exatamente aquela cortina d'água.

– Deve estar chovendo em cima das copas dessas árvores, por onde estamos passando. Só que, como são muitas árvores e com copas muito fechadas, a chuva toda não consegue chegar aqui. Só chega a parte que atravessa as frestas das copas, no caso, esses fios de água que você chamou de cortina.

– Valeu, Cipó. Eu nunca tinha visto isso.

– Você ainda não viu nada.

O tom de superioridade da Bia era cada vez mais insuportável.

– Você que pensa, Bia! Eu já vi panapanã, aquela revolta de borboletas que dura horas... Eu já vi que o veneno da formiga tocandira mata mais fácil do que as onças...

O Cipó ficou bem surpreso com o que eu estava falando.

– Você viu tudo isso mesmo?

– Claro que ele viu, Cipó... nos livros, na internet...

Quando aquela garota quase antipática falou sobre a internet, levei um tipo de susto.

– Vocês, aqui na floresta, navegam na internet?

– Claro, Dan.

– Onde?

A minha curiosidade estava só começando.

– Em casa, na escola.

– Onde você estuda, Bia?

– Em um povoado, aqui perto. O meu pai me leva de canoa, antes de ir pescar, e eu volto de carona, na canoa da mãe de uma amiga minha.

Carona em canoa?! Isso me lembrou a minha mãe e as mães dos meus amigos do colégio se organizando para ver quem busca a gente em qual dia.

– Você tem e-mail?

– Quase não uso, mas tenho... eu uso mais mensagens de texto.

– E você, Cipó? Você estuda na mesma escola que a Bia?

– Estudo.

– E você também vai de canoa pra escola?

– Não.

Sempre que o assunto era a vida dele, o Cipó ficava bem econômico nas palavras.

– Então, como você vai?

– A pé. Como é que vamos fazer com os equipamentos pra atravessar a água, Bia?

Pronto! O Cipó mais uma vez tinha conseguido desviar o assunto para bem longe da vida dele.

– Não faço a menor ideia, Cipó. O que você acha, Dan?

– Os equipamentos do *Mister* Superperigoso devem ser à prova d'água.

Atravessar aquela cortina de água foi bem refrescante. É claro que nos molhamos um pouco, mas não muito.

– Pode beber dessa água?

– Melhor não, Dan. A gente não sabe há quanto tempo está chovendo e se a água passou por alguma espécie de planta venenosa.

Quando a Bia falou em planta venenosa, eu me lembrei do péssimo hálito do *Mister* Superperigoso dizendo que as luvas que ele deixou com a gente ajudam a proteger de não sei quantos venenos diferentes. Por que será que o cara tinha deixado as luvas com a gente? Onde elas seriam úteis? Onde e como? Onde, como e por quê? Assim que a cortina d'água terminou, o ar era mais abafado do que antes. Isso ajudaria nossas roupas a secar mais rápido. Conferi o celular-radiotransmissor. Aparentemente, continuava funcionando.

O barulho da água da cortina ficou para trás. E eu comecei a ouvir um som contínuo.

– Que som é esse?

– Zumbido de insetos.

– É por causa da hora, Dan. No final da tarde, eles tomam conta da floresta...

Tentando caprichar um pouco no tom assustador, a Bia continuou:

– ... tem gente que diz que são eles que vêm acordar os bichos da noite.

O Cipó tinha uma outra teoria para o aparecimento daqueles insetos:

– Acho que ainda tá um pouco cedo pros insetos acordarem os bichos da noite.

– Lá vem o Cipó.

– O que você tá querendo dizer, Cipó?

– Que o que traz insetos é água limpa e corrente.

Lembrei que eu já sabia sobre o que o Cipó estava falando.

– Tem razão, Cipó. Da outra vez que eu me perdi na Amazônia, foi a água corrente que...

Tive que parar a minha frase, não pelo que ia continuar dizendo, mas pelo que eu já tinha falado. E falado demais!

Terem ouvido o que ouviram deixou o Cipó e a Bia bem intrigados. Fiz a maior cara de cachorro que quebrou o vaso e que corre para colar os caquinhos, antes que o dono veja.

– Que caras são essas?

– O que você acabou de dizer...

– Di... di... zer o quê?

– Você ouviu o que eu ouvi, Cipó?

– Ouvi: o Dan disse que, da outra vez que esteve na Amazônia, ele se perdeu.

Ainda tentei subestimar os dois.

– Eu disse isso?

O silêncio dos meus companheiros me deixou muito envergonhado. Como se, além de estarem se sentindo enganados ou algo parecido, também estivessem ofendidos com o jeito como eu tinha tratado os dois.

– Quem sabe, se você confiasse em mim e na Bia, Dan... nós poderíamos...

– Psssssiu!

O que fez que eu pedisse silêncio ao Cipó não foi a vontade de tentar enrolar ele e a Bia mais uma vez. Foi uma coisa inédita! E terrível! É que, junto com a voz do Cipó, ouvi um chiado, um sinal de estática. Achei melhor cochichar.

– Vocês ouviram?

Pela cara que eles fizeram, o Cipó e a Bia tinham ouvido, sim; e também acharam melhor fazer silêncio. Tentei identificar de onde vinha o barulho: da minha cabeça? Será que o *Mister* Superperigoso tinha colocado algum *chip* na minha cabeça? Claro que não. Mas, no meu boné, ele tinha colocado. Foi aí que concluí que o sinal de estática daquele *chip* estava bem parecido com o sinal de estática do celular-radio-transmissor-localizador-etc., e que, além de servir para que o *Mister* Superperigoso monitorasse os nossos passos pela floresta, aquilo também servia para que ele ouvisse a gente.

E agora? Eu precisava dizer isso pro Cipó e pra Bia, mas como? E mais: eu precisava continuar falando para que o *Mister* Superperigoso não percebesse que eu tinha descoberto que ele estava escutando a gente.

Foi então que eu me lembrei do meu celular em um dos bolsos da minha bermuda. Enquanto eu pegava o celular no bolso, fiz sinal para que eles não me interrompessem e continuei falando:

– Da outra vez em que estive aqui, saí para andar de canoa com um grupo sem o guia, e nós nos perdemos...

O celular estava desligado. Liguei, acionei a tela para escrever mensagem de texto e comecei a digitar...

O Cipó e a Bia logo entenderam o que eu quis dizer. Enquanto eu digitava outra mensagem, continuei a tagarelar.

– ... nós passamos quase a noite inteira perdidos.

A Bia teve uma ideia! E começou a colocar essa ideia em prática!

— Depois você fala sobre isso, Dan. Agora, fica quieto porque eu tô vendo muitos espinhos venenosos no caminho e nós precisamos nos concentrar.

Gostei daquele plano da Bia.

— Desculpa aí. Foi mal.

Não sei se foi por causa da empolgação com a ideia da Bia, mas pensei em uma coisa que foi bem útil naquele momento. Pensei e comecei a pôr em prática!

— Vamos parar um pouco. Acho que dei um mau jeito no pé.

Assim que acabei de falar, tirei o boné e, com todo cuidado, coloquei ele em cima de uma raiz mais ou menos da minha altura. Fiz sinal pra Bia e pro Cipó fazerem o mesmo. Eles fizeram. Eu peguei o localizador, as luvas, os óculos, as pilhas, enfim, tudo o que o *Mister* Superperigoso tinha nos entregado, e que pudesse ser um aparelho de escuta, e deixei ali perto do boné. Depois, fiz um sinal pra Bia e pro Cipó me seguirem e saí andando. Eles vieram atrás de mim.

Quando estávamos a uma distância que eu achava segura pra falar com a dupla amazônica sem ser ouvido pelos aparelhos do *Mister* Superperigoso, mas, ao mesmo tempo, eu ainda podia ficar de olho nos aparelhos – afinal, era através deles que eu estava garantindo a segurança do meu avô –, resolvi começar a ser totalmente sincero:

— Preciso falar uma coisa pra vocês: eu já estive com os índios Tutu.

TRAÍDOS
PELOS MACACOS

Entre pios, urros, roncos e zumbidos, eu falei, ou melhor, cochichei:

— Vou tentar ser o mais sincero e completo que puder.

E fui: eu disse que eu e o meu avô estávamos na floresta desta vez de férias "mesmo"; que o meu avô tinha negócios em Manaus e que há seis meses, desde o meu último aniversário, ele estava me devendo uma viagem "de verdade" para a Amazônia. Que da outra vez, quando ele tentou me trazer de férias, nós tivemos um problema: eu fui praticamente sequestrado por engano, e o que era pra ser minhas férias virou um pesadelo... que durou mais ou menos dois dias...

— Quando a minha família me resgatou, voltei pra São Paulo rapidinho... Mas passei esses meses todos protestando que eu queria voltar pra floresta... que eu não tinha ficado traumatizado coisa nenhuma... e que o que aconteceu comigo tinha sido um acidente.

Também cochichando, a Bia quis saber:

— E o que é que os Tutu têm a ver com tudo isso? E o seu bisavô?

Eu já ia chegar nessa parte:

– Bom, a história que acabei de resumir pra vocês é a história oficial. Aquela que vale pra minha família e pra todo mundo; mas o que aconteceu mesmo foi bem diferente... Eu não podia perder muito tempo com detalhes, por isso acabei resumindo tudo e contei que, na verdade, eu nem tinha sido sequestrado por engano.

– Eu vim de São Paulo no mesmo avião que o neto de um extrator clandestino de madeira, e o piloto do avô desse cara pensou que eu fosse o garoto. Só que, como ficou parecendo sequestro, ele me deixou em qualquer lugar da floresta...

Fiz uma pausa pra respirar e pra aumentar o suspense, e continuei:

– Eu não sei muito bem por que as coisas acontecem comigo, mas elas acontecem. Só sei que eu acabei caindo na floresta mais ou menos onde o meu bisavô, o Professor Velho, tinha desaparecido... vocês se lembram de que eu falei que o meu bisavô era cientista e que desapareceu pesquisando espécies na floresta, não lembram?

– Lembramos.

– Vai logo, Dan.

– Eu acabei descobrindo o laboratório do meu avô... e uma cientista meio maluca, a Doutora Nova, que, acreditando que o meu avô pesquisasse nióbio... vocês sabem o que é nióbio?

O Cipó não sabia. A Bia, sim.

– Um mineral...

– ... e que é cada vez mais valioso e usado pela indústria de foguetes e armamentos.

– Vai logo, Dan. Já vai começar a anoitecer de verdade.

– Eu tô tentando, Bia. Mas tem muitos detalhes.

– E aí?

– Aí, Cipó, essa cientista ficou na minha cola pela floresta, achando que eu chegaria ao meu bisavô. Foi tentando escapar dela que eu me machuquei muito, e acabei sendo socorrido pelos Tutu.

– Socorrido?

– Não sei muito bem por quê. Deve ter sido a pedido do meu bisavô.

– Como assim?

– O meu bisavô e um outro cientista japonês trabalham com os Tutu.

– Trabalham como?

– Tem certeza de que você quer que eu responda a essa pergunta, Bia?

– Fala logo.

– Eu só respondo se você prometer que, mesmo se não acreditar, vai respeitar o que eu disser, Bia.

A Bia ficou quieta.

– Promete?

– Fala.

– O meu bisa e o outro cientista, o Doutor Japonês, estão trabalhando com os Tutu na captação dos mitos da floresta: Iara, Curupira...

Dava para ver, pela cara da Bia, que ela estava tentando acreditar em mim; mas era difícil pra ela.

– Tenha dó, Dan.

Mesmo sendo verdade o que eu estava falando, não dava pra culpar a Bia por ela não conseguir acreditar em mim. Era uma história mais fácil de ser inventada do que de ter acontecido mesmo.

– Eu falei que ia ser difícil pra você acreditar.

– Como é que eles iam conseguir fazer isso?

– O tal cientista japonês desenvolveu um equipamento que consegue.

– Impossível.

Olhei para os equipamentos que o *Mister* Superperigoso tinha deixado com a gente.

– Até pouco tempo, Bia, se alguém dissesse que ia ser possível existir um equipamento de localização como esse que nós estamos usando, e que pudesse monitorar alguém no meio da Amazônia, nem eu ia acreditar.

Silêncio mais do que absoluto. Acho que até os bichos em volta de nós pararam pra pensar. Eu tinha que tentar usar aquele silêncio da melhor maneira possível.

– Quantos cientistas pelo mundo afora você acha que estão neste momento sendo pagos para pesquisar coisas como telepatia, teletransporte e outras maneiras de usar o cérebro humano pra juntar ciência e os mistérios que muita gente pensa que são lendas?

– Quem é que ia gastar dinheiro criando aparelhos pra ver e pesquisar o Curupira, uma assombração com os pés virados pra trás?

– Falando assim, desse jeito, a resposta é ninguém.

Agora, se você parar pra pensar que o Curupira cuida da floresta... e que a floresta, este lugar enorme onde estamos correndo perigo neste momento, além de ter seres vivos tem vida própria e segredos, a coisa muda de figura. Como estava difícil colocar alguma ideia nova na cabeça da Bia!

– Dan, se você dissesse que a floresta tem vida própria, segredos... e RIQUEZAS, com todas as letras em maiúscula!, aí, sim, eu veria mais sentido.

– Quer dizer que, se eu dissesse que o meu bisavô e o amigo dele estão pesquisando os seres misteriosos da floresta pra ganhar dinheiro, você acreditaria?

– Não é que eu acreditaria, Dan... faria mais sentido. Fiquei confuso!

– Tem alguma coisa errada, Bia. Eu, que vim da cidade, é que devia duvidar dessa história, e não você.

– Lá vem você de novo...

– Por que é tão difícil pra você abrir a sua cabeça?

A minha pergunta deve ter pesado sobre a segurança da Bia. A garota até se desequilibrou um pouco. Só um pouco.

– Por que exatamente você e o seu avô voltaram para a floresta?

– O meu avô, pra cumprir a palavra dele comigo, e acho que pra não me deixar traumatizado. E eu voltei pra tentar conseguir mais alguma pista do meu bisavô e quem sabe fazer ele e o filho dele, o meu avô, se reaproximarem... o meu pai e o meu avô são brigados, por causa das brigas do meu avô com o meu bisa, entende? Eu só quero que os dois caras que eu mais amo no mundo façam as pazes.

– E o que é que o *Mister* Superperigoso tem a ver com isso?

– Como é que eu vou saber?

– Duvido que você não tenha nenhum palpite.

Claro que eu tinha!

– Acho que não era só a cientista maluca quem estava atrás dos Tutu e dos segredos que eles guardam sobre a floresta, você não acha, Cipó?

– Hã?

Fiquei intrigado com aquela mínima resposta do Cipó. Aquilo era tudo o que ele tinha a dizer?

– Você não ouviu o que eu falei, Cipó?

– Eu... o quê... hã... claro... claro que ouvi.

Difícil acreditar que ele tivesse mesmo ouvido. Pela cara e pelo jeito dele, parecia mais que o garoto estava no mundo da Lua, em outra dimensão... sei lá, em qualquer outro lugar, menos ali comigo e com a Bia.

– O que aconteceu, Cipó?

Como se tivesse tomado um banho de água fria, o Cipó começou a falar...

– O que aconteceu, Dan...

... e a falar de um jeito bravo!

– ... aconteceu que eu preferia não ter escutado tudo o que escutei.

Como assim?

– Você também não acreditou em mim, Cipó?

– Não é isso. O jeito como você falou.

Enquanto falava, o Cipó ia ficando cada vez mais bravo.

– O que é que tem?

– Você não tinha o direito de fazer isso, Dan.

Sobre o que o Cipó estava falando?

– Isso o quê?

– Você tá estragando tudo.

E o Cipó ameaçou sair correndo. E teria saído mesmo, se eu não tivesse segurado o garoto pela camiseta.

– Aonde você vai, Cipó?

– Me larga, Dan.

– Mas... eu não tô entendendo nada.

A bronca que o Cipó estava sentindo o deixou muito forte. Com um único impulso, o cara se soltou de mim.

– Espera...

Era óbvio que ele queria ir embora. Mais óbvio ainda que eu não podia deixar ele fazer isso.

– ... vem cá, Cipó.

Quando tentei segurá-lo de novo pela camiseta, eu me atrapalhei e ficou parecendo que empurrei o cara no chão. Ficou parecendo, não. Eu empurrei mesmo! E o Cipó caiu.

– Pensa que você é mais forte do que eu só porque é um pouco mais alto, Dan?

Com um impulso, ele se levantou e já veio em minha direção, como se quisesse brigar.

– Calma, Cipó.

Eu não podia, nem queria, brigar, mas tinha que segurar o Cipó. E foi o que fiz. Só que, com a força que o garoto veio para o meu lado, nós nos desequilibramos e acabamos caindo no chão fofo de folhas úmidas. Sorte que nenhum de nós dois bateu a cabeça em algum galho ou alguma raiz.

– Me solta, Dan.

– Calma, Cipó.

– Me solta.

– Me ajuda, Bia.

A Bia tinha ficado ainda mais surpresa do que eu com o jeito como o Cipó tinha reagido e estava reagindo. A maneira como o Cipó se debatia me lembrou um pouco dos movimentos do boto, preso na rede da canoa de pesca do pai da Bia.

– Ajudar como?

– Não sei, mas faz alguma coisa... Parece que esse cara tá virando bicho.

Comecei a ouvir alguns gritos parecidos com risadas em volta da gente. Era um bando de macacos avermelhados que tinha se aproximado e estava se divertindo vendo eu e o Cipó rolando pelo chão. Acho que os macacos ficaram pensando que era algum tipo de brincadeira nossa. Tentei falar de novo com ele:

– Calma, Cipó.

– Me larga.

– Se eu largar, você vai embora?

– Claro que vou.

– Mas por quê?

– Porque você estragou tudo.

O garoto estava quase chorando.

– Estraguei o quê?

Acho que o começo do choro estava ajudando o Cipó a relaxar. Ele parou de se debater e me olhou, bem confuso.

– Não sei explicar direito.

Senti que eu podia soltar o Cipó. Ele se sentou e respirou fundo. Aquela agitação tinha deixado o garoto muito cansado.

– Pelo menos, tenta explicar.

– Não sei, parece que a sua história tirou alguma coisa de dentro de mim.

– Como é que é?

– Saber que ninguém nunca tinha visto um Tutu me dava uma certa segurança...

As palavras do Cipó saíam devagar, como se ele fosse pensando e dizendo o que pensava quase ao mesmo tempo. Como naqueles programas na TV a cabo, quando a voz chega um pouco antes ou um pouco depois do movimento dos lábios de quem está falando.

– ... quase um alívio. Eu acreditava em uma história que até eu mesmo achava difícil acreditar. Mas, como era mais uma história, era bom pra mim. Eu podia acreditar e isso me ajudava a ter esperança de que as outras histórias em que eu também acreditava podiam ficar nesse lugar confortável, de ser e não ser ao mesmo tempo, entende?

– Hã-hã.

A minha resposta mostrando que eu o estava entendendo também saiu bem antes da minha cabeça entender de verdade o que eu estava ouvindo. Sobre o que exatamente ele estava falando? Mesmo com a nossa quase briga já tendo passado, os macacos continuavam gritando como se rissem. Isso, pra mim, não tinha o menor sentido. Mas quem é que vai dizer isso pra um bando de macacos?

A Bia se abaixou perto de mim e do Cipó, pra também participar da conversa.

– Você tá falando sobre o seu pai, não é, Cipó?

Pelo olhar que ele lançou para a Bia, a garota tinha acertado em cheio! Pela primeira vez, o Cipó não mostrou nenhum tipo de desconforto com o assunto chegando tão perto da vida pessoal dele. O cara só abaixou um pouco a cabeça, o que mostrava ainda mais que a Bia estava certa.

– O pai dele, Bia?

– Tem uma lenda, Dan...

– Não é lenda, Bia.

– Quer contar você mesmo?

Acho que era a primeira vez que a Bia, com um tom delicado, deixava o Cipó explicar. Ele rejeitou a chance de falar.

– Fala você.

– Dizem que filhos sem pai, que nascem por aqui, são todos filhos dos botos...

Olha como são as coisas: depois de ter desacreditado de uma maneira bem racional da história do meu bisavô, a Bia começou a me contar aquela história de um jeito que parecia estar descrevendo uma verdade absoluta e comprovada; mesmo com aquele bando de macacos azucrinando a nossa paciência, como se quisesse fazer parte da conversa.

– ... Nas noites de lua cheia, os botos se transformam em homens muito bonitos, vão para os forrós nos povoados nas beiras dos rios e seduzem as moças mais bonitas...

Ah! Então, as coisas começavam a fazer algum sentido. Por mais absurdo que aquilo pudesse parecer, o Cipó acreditava que ele era filho do boto. Era isso?

A Bia continuou:

– ... os botos voltam para a água, e nove meses depois nascem os filhos dos botos com essas mulheres e...

Não era só eu quem estava incomodado com a confusão dos macacos. A Bia também estava. Tanto que ela fez outra pausa por causa deles. Conferindo os baderneiros, ela disse:

– Esses macacos...

E fez mais uma pausa. Dessa vez, com a maior cara de espanto.

– ... Dan...

Mais do que um chamado, a maneira como a Bia falou o meu nome era como se estivesse me pedindo socorro. Olhei para onde ela estava olhando e...

– Não pode ser!

... mas já tinha sido! Os macacos pegaram de cima da raiz os nossos três bonés com sensores e estavam fugindo com eles pra dentro da mata.

– E agora?

A primeira coisa que pensei foi ir atrás dos macacos. Mas a imagem da mulher saindo do chalé segurando o meu avô pelo braço foi crescendo na minha cabeça com uma sombra enorme, como se fizesse parte de um filme de terror ou de algum pesadelo. Foi por isso que eu gritei:

– Vôoo...

O CARA COM UM DENTE DE ONÇA PENDURADO NO PEITO

– ... Vô...

A maneira como eu chamei o meu avô da segunda vez foi muito mais seca e aflita do que da primeira.

Quanto mais os macacos se afastavam, mais eu via crescer a sombra de perigo em volta da imagem do meu avô e daquela mulher segurando o braço dele.

– ... Vô...

Eu tinha que fazer alguma coisa. Mas o quê? Depois de uns dois segundos, eu, o Cipó e a Bia disparamos na mesma direção para onde os macacos tinham ido, só que, diferente deles, tendo que desviar das raízes e dos troncos das árvores caídas, e escorregando naquele chão fofo e úmido da Amazônia, que é péssimo pra corridas.

– Não podemos perder os macacos de vista.

Quando eu disse essa frase, ela me pareceu tão ridícula, mas tão ridícula, que me serviu como um freio.

– Para tudo.

Derrapei com tanta força que até levantei um monte de folhas do chão. Não fazia o menor sentido sair correndo atrás de três macacos pela floresta. Eles são bem mais ágeis do que nós, seres humanos.

Além disso, tinham a absurda vantagem de escapar pelas árvores, sem ter que desviar dos obstáculos do chão. E escapavam com cinco patas! Os espertos ainda usavam a cauda, como se ela fosse uma pata, pra ajudar nas horas de emergência.

— Nós nunca vamos alcançar esses caras, quer dizer, os macacos.

Vendo que eu estava com razão, o Cipó e a Bia também pararam.

— Dan, sem os sensores, o *Mister* Superperigoso...

Pela cara que o garoto fez, parecia que o Cipó tinha até medo de completar o raciocínio.

A Bia ficou furiosa, o que não era nenhuma novidade.

— Se não fosse a sua crise, Cipó.

— Não vai adiantar nada culpar o Cipó, Bia.

Engraçado! Eu dei esse corte na bronca e na frase da Bia com tanta segurança que fiquei me achando quase o líder daquele mínimo grupo.

Pelo visto, a Bia e o Cipó também me acharam em condições de liderar o que quer que fosse acontecer. Eles me encararam, esperando para ver como é que eu ia continuar a minha frase e que efeito ela teria sobre a continuação daquilo que estava acontecendo com a gente.

Só que eu não sabia como continuar. Eu sabia, é claro, que não ia adiantar nada pôr a culpa no Cipó e também não valia a pena sair correndo pela floresta atrás dos macacos. E ponto-final.

Minha cara de líder foi murchando... murchando... e, quanto mais ela murchava, mais eu me lembrava do meu avô e via a sombra de perigo aumentar em volta dele.

– Nós temos que nos unir, e não ficar brigando.

Assim que falei aquilo, ficou um silêncio no ar. Está certo que não era, assim, nenhuma frase brilhante nem uma ideia genial. Mas fazia sentido. E fez também acalmar um pouco a aflição da Bia e do Cipó. A minha segurança foi voltando aos poucos...

– Assim que perceber que os sensores estão se deslocando com uma velocidade animal, a velocidade dos macacos, o *Mister* Superperigoso vai tentar se comunicar ou aparecer.

– Será que, se você se comunicar com ele, não diminui a bronca do homem, Dan?

A ideia da Bia não era tão ruim, mas não chegava a ser boa.

– Não sei, não, Bia.

– Eu não gosto de ficar esperando as coisas ruins acontecerem, quando sei que elas vão acontecer, Dan.

– Já que os macacos colocaram a gente em um perigo ainda maior do que aquele em que a gente já estava, acho que temos de tentar aproveitar isso de um jeito que nos ajude.

– Como assim?

– Nós estávamos seguindo direitinho as ordens do *Mister* Superperigoso e por isso, de alguma maneira, estávamos, digamos, protegidos, certo?

O silêncio absoluto do Cipó e da Bia era um tipo de confirmação do que eu tinha falado.

– Por algum motivo, essa proteção se desmanchou... e já que estamos atolados na lama até a metade, ou a gente se desatola... ou acabamos de nos atolar.

– Que história é essa de se atolar na lama, Dan?

Eu ter falado com uma metáfora, usando a ideia de atolamento na lama para tentar descrever a enrascada em que nós tínhamos nos metido, aumentou a confusão na cabeça do Cipó.

– É só um jeito de dizer que, se estamos meio perdidos, Cipó, ou a gente se perde totalmente... ou tenta escapar.

– E o que seria "tentar escapar"?

– Irmos em direção à diretriz três para saber logo o que tem lá.

Mais dois segundos de silêncio absoluto.

– E aí, vamos?

A continuação do silêncio confirmou que o Cipó e a Bia aceitaram a minha ideia. Pegamos as luvas, o localizador e as baterias que os macacos tinham deixado para trás e saímos em linha reta em direção à floresta. Nós e os insetos...

– Tem cada vez mais insetos em volta da gente.

Alguns passos depois, reparei que, pela primeira vez, eu estava indo na frente.

– Você não quer ir na frente, Bia?

– Tá com medo, Dan?

Foi ótimo a Bia me tratar com ironia de novo. Isso fez com que o clima entre a gente começasse a voltar ao normal.

– Se liga, Bia.

– Dan...

– O que foi, Cipó?

– O que você acha que nós vamos encontrar?
Pareceu um tanto quanto absurdo essa pergunta ter partido de um dos meus amigos amazônicos e não de mim. O estrangeiro ali era eu.

– Eu não acho mais nada, Cipó...

Na hora em que respondi isso, eu até me lembrei de que a Bia tinha falado que o desenho no mapa onde estava marcada a diretriz três era de uma toca de onça, mas achei melhor não dizer nada.

– ... não acho mais nada.

Quanto mais nós andávamos, parecia que o chão de folhas ia mudando. Ele ia ficando mais fofo, afundando mais os nossos pés, dificultando a caminhada. E parecia também estar ficando mais úmido.

– Vocês estão percebendo que o chão tá ficando mais úmido?

– Eu não.

– Nem eu.

O ar, também, parecia cada vez mais úmido. Será que era só eu quem estava reparando nessas mudanças?

– E se a gente...

Tentei dar uma ideia aos meus amigos amazônicos. Tive que parar. É que acabei engolindo um inseto e me engasguei.

– O que foi, Dan?

– Nada, não, Bia... acho que engoli um inseto.

A Bia achou a maior graça no que eu tinha falado.

– Além de acordar os bichos da noite, esses insetos são bem chatos.

– Não sei, não...

– Não sabe o quê, Cipó?

– Esse monte de insetos, o chão mais úmido, acho que estamos chegando a algum rio, lago ou pântano.

– Que mania de ficar inventando mais perigos, Cipó.

– Como você sabe que aqui não tem pelo menos um pântano, Bia?

Eu não estava nem um pouco interessado em acompanhar aquele bate-boca entre os dois. Tinha uma outra coisa muito mais interessante para eu prestar atenção: o caminho. Mais precisamente, um detalhe sobre o caminho: ele estava virando um caminho de verdade.

Até aquele momento, estávamos tendo que desviar dos troncos, das raízes, abrir espaço entre os galhos das plantas. Mas uma coisa tinha mudado. Parece que a natureza tinha sido modificada e que tinha se aberto nela uma trilha.

Estranho! Era uma trilha, sim, mas não tinha o menor sinal de galhos ou troncos cortados. Parecia que essa trilha, se fosse mesmo uma trilha, não tinha sido feita por alguém, e sim pela própria natureza.

– Vocês nunca vieram para esses lados "mesmo"?

– Já disse que não, Dan. Ninguém anda pra esses lados. Além de ter a lenda dos Tutu...

– Não é lenda, Bia.

– ... além dessa história dos Tutu, dizem que a maioria das plantas que nascem aqui é venenosa.

Comecei a reparar nas plantas. Pena eu não saber muito sobre o nome delas. Tinha plantas de vários tamanhos. Vários tons de verde. Folhas em formatos muito estranhos, mas nada que me parecesse venenoso ou perigoso. Olhando com mais atenção, dava até para ver flores brancas nascendo dentro de algumas plantas.

– Vocês sabem que flores são essas?

A Bia não precisou nem de dois segundos pra vasculhar com um olhar as plantas em volta da gente.

– Orquídeas. E, antes que você ache que tem alguma coisa de sobrenatural com as orquídeas, fique sabendo que elas nascem em todo lugar da floresta.

– E quem é que disse que tem alguma coisa de sobrenatural acontecendo, Bia?

– Você e o Cipó.

Não valia a pena continuar aquela discussão boba com a Bia. Como eu já tinha falado pra ela e pro Cipó, nós tínhamos que aproveitar aquele tempo pra tentar bolar um jeito de sairmos daquele lugar, daquela situação, isto é, até o *Mister* Superperigoso perceber que os sensores não estavam mais com a gente.

Vendo que não aceitei a provocação dela, a garota também ficou quieta. Como o Cipó já estava quieto fazia muito tempo, tudo em volta da gente ficou no maior silêncio.

Mesmo os roncos, gritos e pios dos bichos e passarinhos pareceram dar um tempo. Eu nunca gostei muito de silêncios absolutos. Sempre me parece que eles estão avisando que vai acontecer alguma coisa e que essa coisa vai fazer muito barulho.

Eu estava tão atento, tentando chegar mais perto dos detalhes das coisas que tinham acontecido, que não vi um tronco maior bem na minha frente... e tropecei. Caí de boca no chão de folhas.

– Ai!

Só que não era um tronco coisíssima nenhuma. Era uma corda grossa estendida e camuflada pelas folhas.

– Droga!

Enquanto me levantava, percebi que, com a minha queda, a corda se esticou um pouco mais.

– Quem será que estendeu esta corda aqui?

Com a corda se esticando, ouvi um barulho estranho.

– Ouviram?

A Bia e o Cipó, que tinham parado um pouco atrás de mim para não cair também, tentaram prestar mais atenção no som.

– Alguma coisa vibrou no mato.

– Não é vibração...

– ... parecem mais duas cascas de coco se batendo.

Os dois tinham razão.

– Essa corda não tá aqui por acaso.

Conferindo melhor a corda, a Bia me corrigiu:

– Não é uma corda, Dan... é um cipó.

O Cipó me olhou de um jeito muito assustado.

– Não me olha assim, Dan.

– Assim como?

– Como se, por ter o apelido de Cipó, eu tivesse alguma coisa a ver com isso. Todo mundo me chama de Cipó porque eu subo muito bem em árvores.

– Se liga, Cipó. Eu nem estava olhando pra você.

Mesmo eu já tendo me levantado fazia algum tempo, os cocos continuavam se batendo, se chocando, vibrando. Muito estranho.

– Parece que os cocos estão chamando alguém.

O barulho das cascas dos cocos parou de repente, e de um jeito pouco natural, como se alguém o tivesse parado. Não precisava nem confirmar. O Cipó e a Bia também tinham achado aquele silêncio repentino muito esquisito. Temendo pelo pior, tentei fingir um tom bem seguro e falei quase como se estivesse brincando:

– Parece que quem os cocos estavam chamando já escutou o chamado.

Eu estava certo. Não demorou muito para um índio sair de trás da árvore de onde vinha o som. Era um índio adulto, quase nu, vestindo só uma tanga curta de pano escuro amarrada na cintura. O corpo dele era todo pintado de manchas vermelhas que imitavam as pintas das onças. O índio usava um colar de contas vermelhas e pretas com um dente grande e pontudo pendurado no peito e tinha um saco de pano atravessado rente ao corpo, suspenso por uma cordinha fina.

Com cara de poucos amigos, ele conferiu cada um de nós nos mínimos detalhes, fechou um pouco mais a cara, disse...

– Tutu.

... e saiu andando pelo mato indicando, antes, que era pra gente ir atrás dele.

Guardei o celular-radiotransmissor-localizador-etc. no bolso da bermuda e fui atrás do índio. Nem prestei atenção se o Cipó e a Bia vinham ou não atrás de mim.

TÁ FICANDO
CADA VEZ
MAIS ESCURO...

O índio andava muito rápido pelo mato. Como se tivesse pressa. Como se não pudesse ou não quisesse perder nem um minuto. Era um índio Tutu, eu não tinha a menor dúvida. Desde a outra vez em que estive com eles, eu sabia que os Tutu pintam o corpo com manchas vermelhas imitando as pintas das onças. Eles fazem as manchas com uma pasta de sementes de urucum, que é vermelha.

Mesmo se eu tivesse dúvida, o fato de o cara ter falado "Tutu", como se estivesse se apresentando, confirmava isso.

A Bia vinha bem atrás de mim, e eu andava logo atrás do índio. Os pés dele estavam descalços e eram chatos. Enquanto conferia o jeito seguro e forte como o cara afundava os pés chatos e descalços sobre aquele chão cada vez mais escorregadio e cheio de tocos, fui pensando... pensando... pensando... Quer dizer que o que se fala dos Tutu é que eles são violentos? Cruéis? Canibais? E que não se sabe se eles existem mesmo, já que ninguém nunca voltou de um encontro com os caras para confirmar ou desmentir essas histórias?

Eu, que tinha voltado de um encontro com os Tutu, que tive certo contato com eles quando os caras ajudaram meu bisavô a me livrar da cientista que queria o nióbio, eu, mesmo após ter tido aquele contato com eles, não podia confirmar nem negar se os índios Tutu eram ou não amigos dos brancos.

Comigo, pelo menos, eles não foram cruéis; mas também não tinham sido, assim, nenhum poço de amizade e gentileza. Os caras estavam ajudando meu bisavô, que estava ajudando o grupo deles... e ponto.

Desde a outra vez em que eu estive na Amazônia, tenho procurado nos livros e na internet pistas sobre quem são esses índios com quem o meu bisavô foi viver, e nunca encontrei nenhuma linha, nenhuma palavra, nenhuma letra sobre eles. Perguntei pra minha professora de história e ela disse que nunca tinha ouvido falar. Será que aqueles pés chatos pisando o chão bem na minha frente eram de um amigo? Ou de um inimigo?

– Pra onde será...

O que interrompeu o cochicho da Bia foi um olhar fulminante que o índio Tutu lançou na direção dela, sem parar de andar e também sem desviar a atenção do caminho. Provavelmente a garota queria saber para onde o índio estava levando a gente.

Eu também queria saber isso, óbvio. Mas eu queria saber mais coisas: nós estávamos sendo libertados pelos índios Tutu? Ou sendo presos? O cara tinha chegado do nada e, com um olhar mil vezes mais poderoso do que as ameaças e a aparelhagem megamoderna do *Mister* Superperigoso, praticamente obrigou a gente a segui-lo pelo mato.

Já que eu não podia falar com meus amigos amazônicos, continuei tentando montar uma teoria na minha cabeça: o *Mister* Superperigoso vinha tentando encontrar os índios Tutu e estava usando o Cipó, a Bia e eu para atrair eles.

Pensar nisso me deu até certo alívio. Podia ser que, como, de alguma maneira, eu tinha conseguido colocar o *Mister* Superperigoso no caminho dos Tutu, ele não fosse fazer nada com o meu avô. Isso, se ele tivesse conseguido o que queria, claro.

Mas esse meu alívio durou pouco. Se o cara, o *Mister* Superperigoso, tinha feito as coisas daquela maneira, forçando, ameaçando, e sempre de um jeito que lembrava um pouco um ditador alucinado, que esperanças eu podia ter de que ele soltaria o meu avô?

Quando pensei isso, gelei. Tropecei em um tronco. E ganhei do índio a maior encarada.

– Foi mal.

Pior do que tropeçar foi tentar me desculpar por ter tropeçado. O cara me olhou mais feio ainda. Ele já não tinha deixado claro, pelo menos com a expressão e o olhar, que era para ficarmos quietos? Engoli em seco.

Estava ficando cada vez mais escuro, mas ainda não tinha dado tempo de anoitecer. A escuridão era por causa das árvores, que iam ficando maiores e mais fechadas. Os insetos pararam de me incomodar. Não sei se eu tinha me acostumado com eles, ou se eles é que tinham sumido do nosso caminho.

Mas espera um pouco: se o *Mister* Superperigoso queria colocar a gente como isca pra chegar até os índios Tutu, parecia haver alguma coisa errada! Foram os índios Tutu que pegaram a gente! Chi! Então, nós estávamos sendo feitos reféns deles...

Foi exatamente quando eu estava pensando nisso que o celular-radiotransmissor-localizador-etc. começou a tocar no meu bolso. Eu fiquei apavorado. O *Mister* Superperigoso já sabia de tudo, ou pelo menos tinha descoberto que alguma estava errada com os sensores. Acho que foi o nervoso que fez com que eu levasse a mão no bolso da bermuda para pegar o aparelho. Quando percebeu que eu pensava atender, o índio na minha frente me deu a maior encarada, mostrando que eu não devia fazer aquilo.

Lembrei do meu avô e de quanto aumentavam os riscos dele se eu não atendesse à chamada no aparelho. Como é que eu ia explicar isso para o índio, sem falar?

Eu nunca fui muito bom nesses jogos de mímica. Por sorte minha, o aparelho parou de tocar... e eu não conseguia entender se isso era bom ou ruim. Eu estava tendo que derrubar na minha cabeça essa ideia imediata das coisas serem boas ou ruins. Ou só boas ou só ruins. O mundo fica mais inseguro assim, mas também fica mais interessante. Mais misterioso.

Ouvi um barulho no mato, mais ou menos do nosso lado. Achei que o índio fosse parar para conferir. Mas o cara não fez isso. Seguiu andando. E eu atrás dele, quase morrendo de curiosidade. O barulho aumentou, como se estivesse mais perto.

Não resisti e espiei. Vi um outro índio saindo do mato. Era outro índio Tutu. O cara era um pouco mais baixo e mais forte do que o índio que estava com a gente. Ele também estava só com uma tanga, um tipo de sacola de pano pendurada no ombro, tinha o corpo pintado com as mesmas manchas vermelhas e usava um colar de contas pretas, vermelhas e com um dente grande e pontudo pendurado no peito. O cara começou a andar atrás do Cipó, que era o último da nossa fila.

Agora, sim, eu, a Bia e o Cipó estávamos escoltados por dois índios. Só não sei se escoltado para o bem ou para o mal. Ou só para o bem. Ou só para o mal.

Então mais uma coisa começou a me incomodar: e se os índios Tutu estivessem sabendo que havíamos colocado o *Mister* Superperigoso no caminho deles? Mas, pensando bem, era muita ingenuidade minha achar que nós tínhamos todo esse poder ou que o *Mister* Superperigoso era tão ignorante assim.

Claro que o cara já devia saber dos índios, e vice-versa. Mas para o que exatamente o *Mister* Superperigoso precisava de mim e dos meus amigos amazônicos? Por que ele tinha mandado nós três naquela direção?

Pensei em conferir o localizador, mas achei melhor não fazer nada. O índio podia achar que eu ia atender a ligação, sei lá.

Aí, um terceiro índio apareceu no mato e se juntou ao nosso grupo. Era mais um Tutu. Não era nem muito alto nem muito forte. Quando vi o que o cara estava segurando, não acreditei: os nossos bonés com os sensores. Como é que o cara tinha recuperado os bonés dos macacos? Como isso era só mais uma das coisas que eu não estava entendendo, achei melhor deixar pra lá.

Fiquei ligado no que estava começando a acontecer. O índio que ia na frente passou a andar um pouco mais devagar. Os dois que chegaram por último deram alguns passos à nossa frente e ficaram em fila, atrás do primeiro índio. Eu, a Bia e o Cipó ficamos os últimos da fila. Aí, o que tinha trazido os bonés tirou o sensor de um deles, fixou-o no colar de contas que ele tinha pendurado no pescoço e me deu o boné sem o sensor. Coloquei o boné na cabeça, achando que era isso o que o índio queria que eu fizesse.

Aparentemente, era. Depois, ele tirou o sensor do outro boné, passou para um dos outros índios, que fez o mesmo: fixou o sensor no colar de contas e entregou o boné para a Bia. Assim que recebeu o outro sensor, o terceiro índio repetiu os movimentos dos outros dois e pronto! Eu, a Bia e o Cipó estávamos agora com os bonés sem os sensores em nossas cabeças.

O índio que estava mais perto de mim me olhou bem desconfiado e começou a andar do meu lado e não mais na minha frente. Achei aquilo bem estranho. E ainda mais estranha a maneira como ele me olhava e balançava a mão direita para cima, como se fosse para eu andar mais depressa.

Como é que eu ia andar mais depressa, se quem estava guiando aquela caminhada era o índio que ia na nossa frente? O cara sabia disso melhor do que eu. Não, não devia ser isso o que o índio estava sinalizando. Então, era o quê?

O cara estava ficando cada vez mais impaciente. Quando não aguentou mais esperar, ele vasculhou a minha roupa com os olhos, procurando alguma coisa, e fixou o olhar nas pontas das luvas que saíam do bolso da minha bermuda.

Ah! Eram as luvas o que o cara estava procurando. Entreguei os três pares a ele. O índio guardou as luvas na bolsa de palha pendurada no ombro. Foi nessa hora que eu vi que as bolsas deles não eram de pano, e sim de palha. Ele continuou me olhando e fazendo aquele gesto com a mão.

Dessa vez, é claro, eu matei a charada: o cara queria as outras coisas que o *Mister* Superperigoso tinha deixado comigo. Entreguei os óculos, as baterias e fiz a maior cara de que aquilo era tudo que o *Mister* Superperigoso tinha deixado com a gente.

Achei melhor não entregar o celular-radiotransmissor-localizador-etc. para ele. Eu não tinha a menor ideia do que ele poderia querer com aqueles aparelhos; e, de alguma maneira, o celular-radiotransmissor-localizador-etc. poderia ser útil em um momento de aperto.

Mas por que é que eu fui tentar enrolar o cara?! O índio me deu um safanão que eu quase caí de boca no chão outra vez. Ele nem esperou eu me recuperar do golpe e já foi logo tirando o aparelho do meu bolso e guardando na sacola de palha com as outras coisas. Aí, ele viu o meu telefone celular fazendo um certo volume no bolso da jaqueta. O cara não teve dúvida: arrancou o aparelho do meu bolso. Com o celular, foi também o mapa de papel. Ele conferiu o mapa e guardou junto do meu telefone celular, na sacola.

E agora? Como é que eu ia dizer a ele que aquele celular não era do *Mister* Superperigoso? Que era o celular que eu tinha trazido de São Paulo? Tentei gesticular isso para ele. Mas o cara me ignorou. Esse não é o tipo de coisa que dê para a gente explicar a um índio Tutu, ainda mais durante uma caminhada.

Achei melhor deixar para lá e seguir só andando... andando... e andando... Eu já estava ficando bem cansado de tanto andar... andar... e andar...

Levei uns pingos d'água no nariz. Quando virei o rosto para cima, pra conferir o que era, um monte de pingos caiu no meu rosto. Estava começando a chover. Mesmo com as copas das árvores quase fechando o céu em cima da gente, dessa vez os pingos da chuva eram fortes o suficiente para atravessar as folhas das árvores. Era só o que me faltava: uma pancada de chuva!

A chuva não incomodava nem um pouco a vontade de andar rápido dos índios, nem a dos meus amigos amazônicos. Minha roupa foi ficando úmida... molhada...

ensopada... Pela distância que eu lembrava ter visto da última vez que conferi o mapa no localizador, não podia imaginar que a diretriz três ficasse tão longe; se é que ainda estávamos andando em direção à diretriz três. Quando eu, a Bia e o Cipó já estávamos totalmente encharcados, o índio que vinha logo atrás de mim fez um sinal que parecia uma indicação para parar. Eu parei. O cara ficou bravo. Segui andando de novo. Ele fez um outro sinal que eu entendi como se fosse para pararmos de andar atrás deles, mas para continuarmos andando. Tentei sinalizar que eu estava confuso. "Andar para onde? Para que lado?" O cara deve ter entendido. Ele conferiu o mato à nossa volta e apontou uma direção que parecia um corredor de árvores. Não tive dúvida: o índio queria que eu, a Bia e o Cipó parássemos de andar atrás dele e entrássemos por aquele novo caminho.

Quando viu que eu tinha entendido e estava desviando na direção que ele indicou, o cara fez um sinal que não entendi e seguiu andando atrás dos outros dois índios. A Bia e o Cipó vinham atrás de mim. Assim como eu, eles preferiram não falar nada. Pelo menos não ainda.

Eu estava totalmente enganado quando achei que aquele caminho era parecido com um corredor de árvores. Depois de três ou quatro passos, as árvores começaram a se fechar... e começou a aparecer um monte de cipós pendurados nelas. Cipós que pareciam ter espinhos e que deixavam o caminho cada vez mais difícil. No meio daquele labirinto de troncos de árvores e de cipós, a chuva caía como se fosse só uma garoa.

Meu cansaço foi aumentando... aumentando... e começei a achar o caminho que vinha na nossa frente cada vez mais parecido com o caminho por onde já tínhamos passado.

E os barulhos! Um monte de sons esquisitos. Urros. Roncos. Pios. Zunidos. Gritos. O mais estranho era que às vezes os barulhos começavam como se estivessem dentro da minha orelha e acabavam a muitos quilômetros de distância.

Não sei se era por causa da acústica daquele lugar, mas não dava pra entender se os barulhos estavam perto ou longe.

Um bando de besouros enormes atravessou nosso caminho. Alguns passos depois, um sapo meio peludo pulou na nossa frente e sumiu atrás de uma árvore.

Por falar em árvores, comecei a reparar que, além das plantas que cresciam em volta delas e dos cipós, algumas tinham lagartos parados nos galhos, cobras descendo pelo tronco... aranhas enormes tecendo teias...

Depois que passamos pela terceira vez pela mesma aranha vermelha, eu não tive mais dúvida: mesmo caminhando em linha reta, nós estávamos andando em círculos, sem saber para onde e também sem chegar a lugar nenhum... Mas logo as coisas iam mudar. Infelizmente, não posso dizer que pra melhor.

Comecei a sentir que o mato em volta da gente foi mudando de cheiro... para um cheiro mais forte. Tentei espiar nas plantas que cresciam em volta das árvores se tinha alguma coisa de especial. Mesmo que tivesse, acho que a minha ignorância pra esse tipo de coisa não ia me ajudar muito. Só percebi que o verde de algumas das plantas era um pouco mais brilhante; mas nem isso eu posso garantir.

Ah! A quantidade de plantas que cresciam nas árvores era bem maior do que nas outras que eu já tinha visto. Não tinham flores. Só folhas e galhos. Folhas de muitos tamanhos. Folhas pontudas. Folhas sem pontas. Folhas arredondadas. Folhas de tudo quanto é jeito. Folhas lisas. Folhas com espinhos...

– Ai!!!

– O que foi, Dan?

– Arranhei o meu braço.

A Bia já não estava mais aguentando não ser irônica.

– Quem anda no mato se arranha mesmo.

Eu já tinha arranhado as pernas em vários lugares. Tinha ardido um pouco, mas não como dessa vez. Percebi que um pedaço da manga da minha camiseta tinha ficado preso em uma árvore.

Voltei para conferir. O que tinha me arranhado era o espinho de uma planta que estava agarrada à árvore. Uma planta de folhas escuras compridas e com um cheiro muito forte.

Olhei para o meu arranhão. Não estava sangrando, mas queimava.

– Que planta é essa?

A Bia e o Cipó me olharam com a mesma estranheza com que eles estavam olhando para a planta.

– Como é que eu vou saber?

Era uma boa chance para eu devolver a ironia da Bia.

– Quer dizer, então, que tem pelo menos uma espécie de planta que a dona da floresta não conhece?

– Uma, não, Dan... milhares...

Pensei que a Bia estivesse brincando. Ela não estava.

– ... tem muitas espécies que só os índios conhecem.

– Acho melhor você lavar esse machucado com a água da chuva.

– Não é machucado, Cipó, é um arranhão.

– Mesmo assim.

– O Cipó tem razão, Dan.

Aquele tom de voz quase preocupado da Bia e do Cipó me deixou meio desconfiado. Quase assustado. Esfreguei o lugar do arranhão e deixei que a água da chuva, mesmo já estando mais fina, limpasse o meu braço. O arranhão parou de arder, e eu olhei pro Cipó e pra Bia com a maior cara de "E agora?".

O Cipó olhou para a Bia.

– Acredita agora que os índios Tutu existem, Bia?

Como se fosse um efeito especial, uma expressão de medo se desenhou no rosto dela em menos de um segundo.

– Por que essa cara, Bia?

O pensamento da garota estava longe, tentando juntar as pontas de alguma ideia aparentemente perigosa.

– Agora eu tô entendendo por que falam que ninguém nunca voltou de um encontro com um índio Tutu.

Será que ela não tinha escutado tudo o que eu falei sobre o meu encontro com os Tutu?

– Se liga, Bia.

– Se liga você.

O tom superior que ela usava nesse tipo de situação chegava a ser irritante.

– Bia, você não entendeu nada do que eu disse: eu já estive com os Tutu.

– Quem não tá entendendo é você, Dan.

Gelei. A Bia tinha entendido alguma coisa a mais do que eu.

– Então, tenta me ajudar a entender. Quem sabe eu consiga alcançar a sua máxima e absoluta inteligência.

– Você entendeu o que os Tutu fizeram com a gente?

Achei que eu tinha entendido...

– Eles pegaram os equipamentos do *Mister* Superperigoso e...

– Dan, não é possível que você não tenha reparado.

– Reparado no quê?

– Eles prenderam a gente aqui, Dan...

– Pre... pren... prend... prenderam?

– Ninguém nunca voltou de um encontro com os índios Tutu porque ninguém consegue sair deste lugar, desta parte da floresta...

Dessa vez eu congelei.

– ... nós estamos presos, Dan.

O LABIRINTO

– ... nós estamos presos, Dan...

A Bia não podia estar falando sério. Mesmo ela se repetindo, para mim estava difícil acreditar.

– ... nós estamos presos, Dan. Os Tutu prenderam a gente em uma armadilha.

Mesmo com a garota tendo acrescentado uma explicação um pouco mais longa na terceira repetição, eu preferia continuar duvidando.

– Presos como? Estamos soltos na floresta.

– Você chama isso de solto? Sabe há quanto tempo o caminho sempre volta pro mesmo lugar... pro mesmo lugar... e pro mesmo lugar?

– É impressão sua, Bia.

– Impressão? Pergunta pro Cipó... não é, Cipó?

– Hã?

O Cipó, como sempre, estava com a cabeça no mundo da Lua, ou sei lá em que mundo! Só sei que não era no mesmo mundo em que eu e a Bia estávamos.

– Este lugar é uma armadilha, Dan.

– Fica calma, Bia.

– Quem tem que ficar calmo é você!

Ela tinha razão. Eu estava ficando cada vez mais nervoso, porque o que eu ouvia dela estava começando a fazer sentido.

– Quer dizer, nada de ficar calmo...

Então, os índios tinham prendido a gente naquele labirinto? Naquela armadilha? E agora?

A Bia olhou pra cima, olhou em volta, olhou pra cima mais uma vez e fez cara de ainda mais assustada.

– O que foi que você viu agora, Bia?

– A noite...

O que é que tinha a noite?

– ... agora ela tá chegando cada vez mais depressa.

Aquele monte de conclusões da Bia me deixava cada vez mais irritado. Claro que, pelo jeito como ela falava, a garota queria muito mais do que avisar que a noite estava chegando.

– E isso é mau, não é, Bia?

– Isso é péssimo. Esta é a hora em que os bichos acordam pra caçar.

Claro que, quando disse "bichos", ela não estava falando sobre macacos, por exemplo.

– É a hora em que as onças saem pra caçar, você quer dizer?

– Infelizmente, é.

Ouvi um ronco... mas não era de onça; pelo menos não ainda. Era a minha barriga avisando que já fazia algumas horas que eu não comia absolutamente nada, e que com aquela caminhada toda eu tinha praticamente acabado com o meu estoque de energia física.

– Tô morrendo de fome.

– Eu também.

Essa foi uma das poucas vezes em que o Cipó respondeu rápido a um comentário meu ou da Bia.

– Acho bom procurarmos frutas pra comer, antes que a noite caia completamente e a gente fique totalmente no breu.

– O céu da Amazônia não é estrelado, Bia?

– Claro que é. Só que aqui embaixo a luz da Lua e das estrelas não chega. Muito menos no começo da noite. A competição entre os grilos e os sapos pra ver quem fazia mais barulho estava superanimada.

– Acho melhor a gente se separar pra procurar comida logo.

Até que enfim eu podia discordar de uma ideia da Bia.

– Eu acho perigoso.

– Mais perigoso do que o que já tá acontecendo?

– E se um de nós se perder?

– O Dan tá certo, Bia.

A garota teve que concordar comigo. A minha preocupação fazia o maior sentido.

– Tá... então, vamos logo.

Saímos andando e olhando em volta, procurando árvores frutíferas. Eu só via plantas com folhagens verdes e troncos de árvores, nada de frutos. Arrisquei um palpite.

– Bem que poderia aparecer uma bananeira.

– Mesmo que apareça, as bananas no pé vão estar verdes e, em vez de sua barriga parar de roncar, quando comer, ela vai começar a doer, Dan.

Achei melhor ficar quieto. Como se o que estava acontecendo já fosse pouco, eu me lembrei de que nós três ali, ilhados naquele labirinto de árvores, estávamos sem vela, fósforo, lanterna, sem nada. A roupa úmida sobre o meu corpo estava ficando cada vez mais pesada. Senti um arrepio de frio.

– Eu não lembrava que, à noite, a floresta fica tão fria.

– Se você já tá sentindo frio agora, não vai aguentar quando a madrugada chegar de verdade.

– Você acha que vamos ficar aqui até de madrugada?

– Acho que nós vamos ficar aqui pra sempre.

Que vontade de dizer pra Bia que eu achava que ela estava exagerando. Mas seria mentira se eu dissesse isso. A Bia e o Cipó começaram a olhar em volta com atenção quinze vezes maior.

– Como eu posso ajudar vocês a encontrar comida? Acho que conheço poucas espécies de fruta.

– Só de torcer pra gente encontrar, você já vai estar ajudando.

– Claro que nós vamos encontrar, Bia.

– Não sei, não.

– A Amazônia é cheia de frutas...

– Você não acha pouco provável, Dan, que, se aqui for mesmo um labirinto-prisão dos Tutu, eles iam deixar as frutas crescerem para alimentar os presos?

– Eu vi em um documentário que todo prisioneiro de guerra tem direito a se alimentar.

– Acho que a guerra, por aqui, é diferente, Dan.

Quando disse aquilo, o Cipó estava um pouco à nossa frente.

– Olhem isso.

De onde estávamos, já dava pra ver sobre o que o Cipó estava falando.

– Um par de botas...

– ... todo furado...

– ... cheio de formigas...

– ... e cheirando a podre.

– Será que sobrou algum pedaço do prisioneiro dentro das botas?

– O cheiro deve ser porque o couro já apodreceu.

Ele estava certo. Tudo naquela umidade da floresta apodrecia muito rápido. Peguei um galho e comecei a mexer com as botas. As formigas ficaram iradas. Lembrei que, da outra vez em que eu estive na Amazônia, fui picado por uma formiga enorme, a tocandira. Mas aquelas eram bem menores do que as que eu estava vendo agora.

– Essas formigas são venenosas?

Ao mesmo tempo que eu fiz essa pergunta, o Cipó se abaixou em direção a elas.

– O que você tá fazendo, Cipó?

Enquanto respondia às minhas duas perguntas com uma única explicação, o Cipó começou a pegar formigas no chão e a apertar a parte maior delas.

– São formigas içá, Dan. Os índios comem essas formigas. E acho que, se não aparecer nada melhor, nós também vamos ter que comer.

A ideia embrulhou o meu estômago: pensar em comer as formigas que estavam se alimentando de couro podre. Bem que podia aparecer alguma fruta.

– Olha ali...

Quem disse isso... foi a Bia. O que ela estava vendo era um chapéu de couro velho e também aos pedaços.

– ... e tem mais coisas...

Eu e o Cipó fomos em direção ao chapéu, já vendo que um pouco à frente tinha mais um par de botas...

– ... mais um chapéu...

... e mais um, e...

– ... os restos de uma calça...

... os restos de um casaco de couro. O Cipó procurou o mais seco entre os chapéus, ou, pelo menos, o que não estava tão úmido, e foi colocando dentro dele as formigas que ia amassando.

– E os corpos dos donos dessas coisas?

Ninguém respondeu à minha pergunta. Devem ter pensado o mesmo que eu: se os Tutu eram mesmo canibais, deviam ter feito ensopadinho dos donos daquelas botas e daqueles chapéus.

Foi nesse momento que eu vi uma lanterna caída perto de um dos pares de botas. Corri até ela. A lanterna era bem antiga e estava totalmente enferrujada. Mesmo assim, me deu certo ânimo.

– As outras coisas dos donos dessas roupas devem estar por aqui.

– ... e, como essa lanterna, devem estar enferrujadas... úmidas, estragadas.

Eu não podia deixar o mau humor prático da Bia me contaminar. Tinha que ter alguma coisa escondida no meio daquele chão de folhas e que pudesse nos ajudar. Resolvi que era hora de virar um certo tipo de líder novamente.

– Enquanto você põe as formigas dentro desse chapéu, Cipó, e a Bia procura as frutas, eu vou vasculhar o chão procurando outras coisas.

Nem foi preciso procurar muito. Foi aparecendo um monte de objetos no meio das folhas do chão... duas espingardas bem antigas, um cantil, mais um cantil... uma bússola velha, enferrujada e sem o vidro protetor.

– Vocês estão reparando que essas coisas, além de estarem enferrujadas, são bem antigas?

Parece que o Cipó e a Bia ainda não tinham prestado atenção a esse respeito.

– O que você quer dizer com isso, Dan?

– Olha essa bússola e pensa no celular-radiotransmissor-localizador-etc. que estávamos usando: são de épocas totalmente diferentes.

– Você acha que nós voltamos no tempo, Dan?

– Não, Cipó. Acho, ou melhor, tenho certeza de que faz muito tempo que os donos dessas coisas ficaram presos aqui.

Continuei vasculhando o chão. Parou de aparecer coisas. Isso me deu certo desânimo.

– Será que daqui a cem anos, quando outros garotos ficarem presos neste labirinto, eles vão encontrar os nossos bonés, os meus tênis, os calçados de vocês?

Achei um pouco ridículo usar uma frase tão dramática. Mesmo se ela fizesse algum sentido, tinha alguma utilidade dizer aquilo naquela hora?

A noção de ridículo me deu um novo estímulo e forças para ir um pouco mais adiante. Ainda bem que eu tinha sido ridículo!

– Uma caixa!

Eu vi um pouco à nossa frente uma caixa de couro velha, um pouco maior do que essas de sapatos; e toda rasgada, como se algum bicho tivesse tentado abrir a caixa ou comê-la. Corri até a caixa. A Bia e o Cipó vieram na minha direção. Abri a tampa e revirei o conteúdo.

– Papéis velhos... canetas não tão antigas, mas também envelhecidas... tocos de vela...

Tinha também duas caixas de fósforos. Abri para conferir.

– Estão cheias... mas totalmente molhadas.

Por via das dúvidas, guardei os tocos de velas e uma das caixas de fósforos nos bolsos da bermuda.

Voltei a vasculhar o chão. A Bia voltou a procurar comida. O Cipó ficou na dúvida se vinha comigo ou se ia ajudar a Bia a procurar as frutas. Ele preferiu ficar comigo.

– Vai ser impossível acender esses fósforos, Dan.

– Tô ligado. Só se eles ficarem secando ao sol um dia inteiro, quem sabe.

– Com o calor do sol que entra aqui, só se deixar secando durante um mês inteiro.

– Mais uma caixa de couro, Cipó.

Essa outra caixa devia ser de algum cientista. Tinha três vidrinhos transparentes vazios, quatro seringas, três lâminas de vidro e um monte de folhas secas. Deixamos a caixa por ali mesmo.

– Vamos ver se tem mais alguma caixa, Cipó.

Caixa de couro não vimos mais nenhuma. Pelo menos, não assim, imediatamente. O que apareceu foi mais um pé de bota, um pedaço de corda e um chicote.

– Chicote? Será que o dono desse chicote pensou em domar as onças? Eu me lembrei de que alguns aventureiros, nos filmes, apareciam com chicote. Ia comentar isso com os meus amigos amazônicos, mas não achei que fosse o caso.

Aí, eu olhei para mais um pé de bota que apareceu na minha frente e fiquei pensando: "o que será que os Tutu tinham feito com os ossos daquelas pessoas?". Que eu saiba, os canibais comem só a carne das pessoas que eles prendem... e tem que ser carne de gente valente. Os donos daquelas coisas, para terem chegado até ali, deviam ser mesmo valentes. Mas e os ossos? O que os Tutu tinham feito com os ossos de suas vítimas?

– O que será que os índios fizeram com os ossos desses prisioneiros, Cipó?

– Vai ver, puseram em alguma sopa.

A Bia mostrou que estava bem ligada na nossa conversa:

– Pelo tempo que esses ossos devem ter ficado aqui, eles podem muito bem ter se desmanchado ou sido comidos pelos bichos.

A noite já tinha chegado de verdade. Por incrível que pareça, a escuridão não estava me impedindo de enxergar. Era como se eu tivesse me acostumado com o escuro. Tanto que, quando olhei um pouco à nossa frente, notei um pequeno reflexo.

Era quase inacreditável ver uma coisa sendo refletida naquela escuridão. Mas eu vi, e conhecia aquele reflexo de algum lugar. Dei dois passos.

– A caixa...

Não era uma caixa como as outras que tínhamos encontrado. Era uma caixa metálica, parecida com a que eu, o Cipó e a Bia escondemos embaixo do hotel. Parecida só por ser do mesmo material. O modelo era diferente, bem menor. Estava suja de terra, quase toda enferrujada e praticamente enterrada no chão de folhas. Em menos de um segundo, o Cipó e a Bia já estavam me ajudando a desenterrar a caixa.

Abrir a tampa deu um certo trabalho. A umidade tinha enferrujado boa parte dela. A caixa estava cheia de pés de plantas com raiz e tudo. Amarrado em cada planta, um número de muitos dígitos. Os números não eram muito grandes. Lembravam a numeração que acompanha os códigos de barra.

– Mesmo a caixa sendo térmica, as plantas estavam secas. Deve fazer um tempão que essa caixa está aqui. Vocês conhecem essas plantas?

A Bia e o Cipó balançaram a cabeça, mostrando que não. Foi aí que tive a ideia de conferir a tampa.

– Olhem o que tá escrito... BUCANEIRO 008... a mesma palavra que estava escrita na "nossa" caixa; só que com o número 008. Claro que 008 era um número de série.

– Vamos ver se tem outras caixas iguais a essa por aqui.

E tinha. Várias: a caixa BUCANEIRO 007, BUCANEIRO 005, BUCANEIRO 009, BUCANEIRO 010, cada uma de um tamanho diferente, mas todas feitas do mesmo material. E todas com plantas secas dentro, e em cada planta, um código numérico de muitos dígitos. Tentei decifrar um dos códigos da caixa BUCANEIRO 010, mas não fazia muito sentido. 2289499478948389. O que será que aquilo significava? Espera um pouco: como é que eu estava conseguindo enxergar um código numérico de dígitos não muito grandes naquela escuridão toda? Tá certo que eu enxergo bem; mas isso, para mim, era um pouco demais. Foi aí que eu percebi que, de cima das árvores, vinha um pouco de luz.

Óbvio: a luz das estrelas. Mas era muito cedo para ter estrelas no céu. Prestei mais atenção no cheiro em volta. Além do cheiro de mato, tinha um leve cheiro de alguma coisa queimando.

Olhei para cima. Congelei. Tinha um índio Tutu sentado no galho mais alto da árvore, que devia ter mais de dez metros de altura. Ao lado do Tutu, uma tocha pequena de chama escura, como se fosse uma luz negra. Nas mãos do cara, uma flecha apontada para baixo.

Assim que vi o índio, o instinto de preservação me fez abaixar os olhos. Olhei pra Bia e pro Cipó. Pela cara deles, os dois já tinham visto o Tutu pendurado na árvore. Pela cara deles, os dois não tinham a menor ideia do que aquilo significava ou o que tínhamos que fazer.

Tentando ser discreto, vasculhei em volta da gente. Não olhei muito para cima, só para os lados, mas estiquei os cantos dos olhos o máximo que consegui. Tinha mais um monte de índios Tutu dependurados nas árvores. Todos com tochas que lembravam luz negra. Todos com flechas apontadas para baixo. Todos com cara de pouquíssimos amigos.

A HORA DA CAÇA

Mais uma vez eu me achei meio bobo naquela floresta. Claro, se o Cipó e a Bia já tinham reparado nos índios há um tempão e não falaram nada, como é que eu só fui reparar naquele momento? Cochichei:

– O que é que a gente faz?

A Bia e o Cipó também cochicharam:

– Nada...

– ... vamos esperar pra ver o que eles querem.

Não dava para garantir que as flechas estavam apontadas pra gente. Garantia! Fazia muito tempo que eu não conseguia garantir mais nada.

Resolvi continuar a conversa, em voz alta!, de onde eu tinha parado, antes de perceber os índios nas árvores.

– Vocês têm alguma ideia do que esses números podem querer dizer?

– Eu tenho...

– Lá vem o Cipó.

– Deixa o cara falar, Bia.

– ... todas essas caixas e a caixa que o *Mister* Superperigoso deixou com a gente fazem parte do mesmo assunto...

Grande novidade!

– ... todo mundo que veio com essas caixas pra cá foi aprisionado pelos índios Tutu...

Idem!

– ... e, depois, foram devorados por eles.

Isso já não dava para garantir. Eu tinha uma dúvida:

– Se os índios devoraram os exploradores... por que... foi... que eles deixaram... as caixas... aqui?

O que me fez falar devagar foi a última palavra que usei quando ainda estava fazendo a pergunta no ritmo normal, do meu jeito de falar: "exploradores".

Estava na cara que aqueles objetos e roupas que encontramos eram de exploradores, e que esses exploradores tinham tirado aquelas plantas da natureza e numerado todas daquele jeito por alguma razão.

Mas que plantas eram aquelas? Elas tinham algum tipo de segredo? Algum poder? Por que os Tutu aprisionaram os exploradores e deixaram as plantas lá apodrecendo? E aqueles códigos numéricos?

– Ouviu o que eu falei, Dan?

Pensar nesse monte de perguntas tinha me deixado bem desligado.

– Não, Cipó. O que foi que você falou?

– Essas caixas não interessam pros índios...

Se o Cipó não tivesse falado nada, teria dado na mesma. Mas o que ele falou depois...

– ... o que os exploradores querem, os Tutu têm de montão.

Lembrei que, da outra vez em que estive com os Tutu, o que mais interessava à cientista que perseguia os caras era o nióbio, o mineral. Se os cientistas estavam querendo aquelas plantas...

— Que barulho é esse?

O Cipó e a Bia tinham ouvido o mesmo barulho que eu. Eles também ficaram atentos, tentando identificar de onde vinha.

— Parece mato se mexendo...

O barulho ficava cada vez mais perto.

— ... e se mexendo cada vez mais rápido.

Não resisti e olhei rapidinho pros índios dependurados nas árvores. Os caras também tinham escutado o barulho e estavam tentando entender a mesma coisa que a gente. O barulho era meio em círculo... folhas sendo pisadas bem rápido... galhos sendo quebrados...

— Será que é gente ou bicho?

A Bia e o Cipó responderam ao mesmo tempo:

— Gente.

— Bicho.

Não demorou muito e apareceu um bicho de pelo marrom e meio avermelhado nas costas, de corpo forte, com as pernas finas, rabo curto e dois dentes para fora. Ele corria no meio das árvores, muito assustado. Desviava de algumas, batia o corpo em outras, mas não parava de correr.

— Isso é um cachorro?

— É uma cutia.

A cutia não parava de correr em círculo em volta de onde nós estávamos. Parecia que estava procurando um caminho. Um caminho pra fugir. Ela estava cada vez mais assustada.

— Será que ela vai morder a gente?

A Bia me olhou com o maior ar de quem achava ridícula aquela minha pergunta infantil.

— Se quisesse morder a gente, Dan, ela já teria mordido.

Relaxei um pouco e abri um sorriso amarelo e confuso.

— Tem razão. Ainda mais um bicho desse tamanho... é quase inofensivo.

Quando completei a minha frase, a Bia me olhou com mais desprezo ainda e com um enorme prazer por estar podendo me olhar daquele jeito.

— Um filhote de cutia pode ser inofensivo, Dan, mas não quando ele tá correndo desse jeito.

— Por... por quê?

— Esse bicho tá sendo caçado.

A conversa estava indo para um lado perigoso. Eu tinha até medo de perguntar, mas perguntei:

— Quem... quem... quem é que caça cutias?

— As onças, por exemplo.

Como se tivesse sido ensaiado com a Bia, veio do mato um outro barulho de folhas sendo pisadas e galhos sendo quebrados. Tinha um outro bicho se aproximando, e pisando mais forte, e soltando um barulho que parecia um ronco: o ronco de uma onça.

— Eu... eu... eu...

Nem sei por que eu comecei a repetir "Eu... eu... eu...". Eu não tinha nada para dizer. Senti uma vontade louca de fazer xixi. Era o medo. Os Tutu, em cima das árvores, ficaram mais ouriçados ainda e miraram suas flechas na direção de onde vinha esse segundo barulho.

A Bia e o Cipó estavam muito assustados!

– Não vai fazer a besteira de correr, Dan.

Ela nem precisava ter falado aquilo. Se eu ameaçasse dar um mínimo passo, meu xixi ia sair escorrendo pelas minhas pernas. Na hora, eu senti que ia morrer. Claro que não morri; senão esta história terminaria aqui, neste ponto. Mas na hora eu não sabia que ia resistir e continuar existindo.

Bom, depois daquela advertência desnecessária da Bia, o bicho que estava caçando aquela cutia apareceu. Não era uma onça. Era uma jaguatirica, um felino um pouco menor do que a onça, mas tão caçador quanto ela... e estava faminta.

A jaguatirica ia para cima da cutia, que, sem parar de correr, começou a soltar um som aflito que parecia um pedido de socorro. Eu já tinha visto uma jaguatirica de verdade, da outra vez em que estive na floresta. Ela era pouco maior do que um cachorro grande.

A cutia não sabia mais o que fazer. Tentou se afundar nas folhas do chão, subir em três árvores, e nada de conseguir escapar. A jaguatirica, mesmo sendo muito rápida, não alcançava a cutia.

A cutia começou a se cansar... aquilo ia acabar mal... quando a jaguatirica estava quase alcançando a cutia, um dos Tutu lançou uma flecha com fogo em direção à jaguatirica.

Por que ele foi fazer isso? A jaguatirica derrapou um milímetro antes da flecha e soltou um som assustador, como se tivesse se queimado. Mas não se queimou. E eu entendi que aquele som era de medo. Medo do fogo na ponta da flecha. Eu estava certo.

Assim que se recuperou da derrapada, ela deu meia-volta e sumiu no mato, ignorando totalmente a cutia, que fez a maior cara de quem não sabia o que fazer. Logo ela entendeu que a jaguatirica tinha ido embora e não fez por menos: virou no sentido contrário ao que ela tinha ido e sumiu da nossa frente.

– Vocês viram?

Pelo meu jeito de falar, o Cipó e a Bia entenderam que eu não estava me referindo ao que tinha acabado de acontecer ali na nossa frente.

Pela cara deles, os dois não tinham a menor ideia do que eu estava falando. Resolvi ser superiormente didático.

– Quando ouviram os barulhos dos bichos, os Tutu apontaram as flechas para eles...

Assim que eu fiz essa pausa de suspense, apareceu um ponto de interrogação no meio da testa do Cipó e outro no meio da testa da Bia.

– E daí?

– E daí, Bia, que nós não somos prisioneiros desses caras.

– Não?

– Eles são os nossos guardiões. Os Tutu estão protegendo a gente.

Minha teoria fazia o maior sentido. Mas a Bia precisava me contradizer:

– Ou então estão querendo nos guardar para sermos o próximo banquete deles.

A Bia poderia ter sido menos eficiente! A teoria dela passou a fazer mais sentido do que a minha. Logo nós iríamos saber quem tinha razão. Começamos a ouvir um outro barulho no mato. Não eram folhas sendo pisadas, nem galhos se quebrando.

– Um tambor!

– Um sinal de tambor.

Era mesmo um sinal. O tambor tocou três vezes e depois parou. Assim que terminou o último toque, um dos índios pegou a tocha e desceu da árvore escorregando pelo tronco.

Quando ele chegou na nossa frente, o cara olhou para mim e disse...

– Tutu.

... e saiu andando entre as árvores e as cortinas de cipós dependurados nelas. Claro que entendemos que era para ir atrás dele. Fiquei meio aborrecido. Outra vez íamos ficar andando atrás de um índio, desviando de troncos, de cipós... e não íamos chegar a lugar nenhum... ou íamos chegar a algum outro labirinto... ou...

Antes de concluir a próxima hipótese na minha cabeça, percebi que eu estava enganado. Depois de atravessar uma parte mais fechada do labirinto, quase toda fechada pelos cipós, chegamos a uma área onde as árvores eram um pouco mais espaçadas. Dava para ver o céu com um monte de estrelas.

Caminhando um pouco mais, saímos na beira de um rio de água cristalina, não muito largo. Tinha umas pedras na margem. Pedras lisas. Boiando sobre o rio, um monte de vitórias-régias. Algumas delas tinham flores grandes e muito cheirosas.

Um pouco à nossa frente, no rio, dava para ver uma cachoeira. Andamos pela beira do rio em direção à cachoeira. Ali, o índio me entregou a tocha e entrou no rio. Quando a água estava mais ou menos na altura do umbigo do cara, ele mergulhou em direção à cachoeira e desapareceu dentro dela.

– E agora?

– E agora, Bia? Vamos atrás dele.

– É a nossa chance de fugir.

– Fugir como?

– Eu é que não vou...

Nem esperei o final da frase da Bia, entrei na água, entreguei a tocha para ela...

– Eu vou.

... e mergulhei atrás do cara. Até que o meu fôlego aguentou bem a travessia embaixo da água. Depois da cachoeira, tinha uma gruta. Mas o índio não estava lá. A entrada da gruta era escura. Dava para ver que dentro dela tinha alguma iluminação.

Comecei a andar em direção à luz.

– Espera, Dan.

Era a Bia. Ela e o Cipó tinham vindo atrás de mim e também estavam totalmente ensopados. Esperei os meus amigos e fomos entrando em um corredor iluminado por tochas presas às paredes. Com medo, mas também com muita curiosidade. Eu estava tremendo de frio. Dava pra ver que no final do corredor tinha uma luz um pouco mais forte.

– Deve ser uma fogueira.

Em volta da fogueira, a gruta era bem mais alta e bem mais larga do que o corredor que tínhamos atravessado.

– Tá bem quente aqui.

Assim que acabei de dizer essa frase, que era um tanto óbvia, ouvi uma voz um pouco atrás de onde estávamos:

– É melhor vocês se aquecerem.

Eu já imaginava que aquilo pudesse acontecer; mas, sinceramente, não acreditava muito que aconteceria.

– Bisa?

Enquanto o meu bisavô chegava perto de mim, eu ia vendo se desenhar no rosto dele uma cara ainda mais enfezada do que as caras de bravos dos índios Tutu.

O NÚMERO ONZE

Não sei se é porque a luz de uma fogueira ajuda a aumentar as sombras em um rosto, ainda mais um rosto tão cheio de rugas como o do meu bisa!, mas aquela expressão desenhada pelas sombras do rosto do meu bisavô não me inspirava a mínima simpatia. Ou, sendo mais claro, parecia que o cara estava furioso comigo.

Meu bisa estava praticamente igual da última vez que eu tinha visto ele: muito magro, com um avental branco, botas velhas, um par de óculos fundo de garrafa e os cabelos e a barba ralos e totalmente brancos.

– Você de novo, Dan!

É. O cara estava furioso comigo.

– Você tem a mínima noção do que aprontou?

Aprontei? Que eu saiba, eu tinha ido com o Cipó ajudar a salvar um boto que ele falou que era o pai dele. Então encontramos a Bia, e depois fomos feitos de reféns por um cara que tinha sequestrado o meu avô... e fomos capturados pelos índios Tutu, que prenderam a gente naquele labirinto de árvores e cipós...

– Você está me ouvindo, Dan?

Aquele mau humor absoluto do meu bisa era novidade para mim; pelo menos nele. Que o meu avô, filho dele, era bem mal-humorado eu já sabia, e muito, muito bem... Mas meu único contato com o meu bisavô tinha sido da outra vez em que estive na Amazônia, e ele daquela vez me pareceu bem simpático.

– Claro que estou te ouvindo, bisa.

Parece que eu ter respondido ao meu bisavô quase no mesmo tom que ele teve um bom efeito. Ele deu uma suavizada nas rugas bravas do rosto e conferiu o Cipó e a Bia quase do mesmo jeito como os índios Tutu tinham feito.

– Quem são esses dois?

Tinha uma certa provocação no silêncio que resolvi fazer. A Bia ameaçou se apresentar.

– Nós...

– Não fala nada, Bia.

Meu bisa se ofendeu.

– Por que não?

Eu sabia que o que eu ia dizer poderia ser uma bomba de falta de respeito ao pai do pai do meu pai. Mas eu também estava me sentindo um tanto quanto desrespeitado.

Caprichei bastante na hora de dizer "senhor", para mostrar que eu não tinha a menor intimidade com ele.

– Simplesmente porque eu não sei direito quem é o senhor.

Ufa! Como tinha me aliviado ter sido sincero daquele jeito! E como aquilo tinha deixado o meu bisavô perturbado!

– Como assim?

Mesmo tendo ficado tão perturbado e tendo feito essa pergunta tão banal, "Como assim?", o tom do meu bisa era totalmente outro. Ele não estava mais mal-humorado, nem grosseiro.

O cara estava intrigado.

– É verdade, bisa, da outra vez em que nós nos encontramos na floresta...

Ele ajeitou os ossos de seu corpo magrelo, como se fosse um bicho que tivesse farejado algum perigo e precisasse ficar atento.

– Você falou sobre esse assunto com alguém?

Eu tinha falado só com o Cipó e a Bia, mas acho que na verdade não a parte que o meu bisavô estava com medo que eu tivesse falado.

– Não.

A Bia fez com o corpo dela um movimento parecido com o que o meu bisavô tinha feito. Ele percebeu e não gostou nem um pouco.

– Não minta, Dan.

– Não falei tudo.

Ele estava ficando quase furioso.

– Posso confiar?

Achei que eu já podia chamar o meu bisa de você de novo.

– Você é quem sabe, bisa.

– Desculpa, Dan. É que as coisas que aconteceram aqui, nessas últimas horas, me deixaram muito tenso.

– E eu tenho culpa?

– De alguma maneira, tem. Mas também, sem você e seus amigos, as coisas não teriam acabado como acabaram.

Não dava pra saber se essa última frase do meu bisavô era uma boa ou uma má notícia. Então me lembrei do meu avô, filho dele.

– Aconteceu alguma coisa com o meu avô?

Entendendo a minha preocupação, o meu bisavô abriu um quase sorriso lateral esquerdo.

– Fique tranquilo. Seu avô, agora, está sendo levado para o hotel... e está protegido.

O alívio em saber que o meu avô estava bem aumentou mil vezes a minha curiosidade.

– Quem eram esses caras que prenderam o meu avô?

– Piratas, Dan...

Piratas? A imagem que eu tinha de pirata era bem diferente da do *Mister* Superperigoso. Era, no mínimo, aquática.

– ... era a equipe mais poderosa de ladrões de espécies vegetais da floresta.

– Ladrões de espécies vegetais?

– Ladrões de plantas.

Claro que eu sabia que com "espécies vegetais" o meu avô estava querendo dizer plantas. A minha dúvida maior era entender a ideia de "ladrões".

– A Amazônia está cheia de cientistas a serviço de laboratórios nacionais e internacionais, que andam pela floresta a fim de pesquisar, catalogar e, se elas ainda não tiverem sido registradas, patentear espécies vegetais.

"Pesquisar" eu sabia o que era, óbvio; "catalogar", eu fazia uma vaga ideia... agora, "patentear"? Eu estava achando a palavra bem estranha e não sabia o que ela queria dizer.

– Como assim, bisa?

– Você sabe o que é patentear?

– Mais ou menos.

– Não sabe. Simplificando: quem descobre uma nova espécie vegetal pode registrá-la, isto é, requerer o registro da patente, e essa pessoa passa a ser um tipo de dono dessa planta. Por exemplo, se a planta tem um componente químico natural raríssimo e esse componente vai ser usado na fabricação de um xampu, sempre que uma indústria usar esse componente químico, ela é obrigada a pagar a quem patenteou o componente... e pagar caro.

Eu me lembrei do programa Ideias esquisitas e aparelhos muito loucos, que eu adorava e que tinha visto um trecho no hotel, antes dessa confusão toda começar.

Não naquele dia, mas quando eu assistia ao programa na minha casa, quando eu via o programa inteiro, um cara sempre falava que todas aquelas ideias e aparelhos eram propriedade dos seus donos e que quem copiasse seria punido por lei etc. Lembrei mais uma coisa: sempre que o meu pai coloca algum DVD dos filmes antigos que ele faz questão de ver em DVD!, a primeira imagem que aparece é um aviso, ou melhor, uma advertência dizendo que os autores liberaram o uso daquele filme só para aquele DVD, e que quem copiar tem de pagar não sei quantos milhões de dólares...

Espera aí: alguém registrar como sendo seu um filme que fez, ou uma ideia que teve, ou um aparelho que inventou, por mais absurdo que esse aparelho seja, tudo bem; agora, patentear uma planta da natureza me parecia mais absurdo do que alguém ficar gastando tempo inventando aparelhos esquisitos!

– Mas a floresta e as plantas são de todo mundo... ou de ninguém.

A minha conclusão não agradou muito ao meu bisavô.

– A floresta e tudo o que está dentro dela são dos habitantes naturais da floresta, dos índios.

Tinha lógica!

– Ou, pelo menos, é assim que deveria ser.

– Não é assim, bisa?

– Grande parte das plantas existentes na floresta já está patenteada pelos grandes laboratórios químicos e farmacêuticos de vários países, que fazem remédios, perfumes, produtos...

– Mas, bisa, remédio é importante!

– Importantíssimo. Tão importante que as descobertas do uso das plantas na fabricação de remédios deviam ser também patrimônio da humanidade. Um laboratório deveria poder usar as descobertas do outro e vice-versa, mas não é o que acontece. Sendo "dono", entre aspas, da descoberta, o laboratório se acha no direito de exclusividade e de cobrar pelos remédios o preço que bem entender. Essas empresas deveriam, também, retribuir de alguma maneira essa gentileza da natureza, para a própria natureza e para os povos que dependem dela: os índios, os seringueiros.

– Ninguém faz isso?

– Há algumas empresas, principalmente empresas brasileiras, que fazem pesquisa, mas não se acham donas das suas descobertas... e que tentam colaborar com a Amazônia e com as pessoas daqui. Mas, Dan, essa é uma conversa complicada... e perigosa! Não dá pra ficar falando assim, em uma caverna e com você todo molhado...

Agora, já era praticamente um amigo que estava ali falando comigo, e não mais um velho rabugento. Meu bisa continuou:

– ... o que interessa é que, sem saber, você acabou ajudando os Tutu a capturar um grupo muito forte de biopiratas que tenta descobrir as riquezas naturais de algumas espécies de plantas que os Tutu conhecem muito bem... e que, se fossem descobertas, valeriam uma fortuna para os laboratórios para os quais esses cientistas trabalham.

– Descoberta de plantas que curam?

Meu bisavô passou a falar com mais cuidado:

– Também.

– Então, não seria importante para a humanidade que os Tutu revelassem o que sabem?

– É isso o que eles vão fazer, mas do jeito deles e na hora certa, Dan. Esse é um assunto que não te diz respeito. Já tem muita confusão e muita gente envolvida.

– E o que exatamente aqueles caras queriam comigo, com a Bia e o Cipó, bisa?

– Eles são muito espertos, sabem do meu contato com os Tutu. E pensaram que, usando a agilidade, a curiosidade e a coragem natural da idade de vocês, chegariam aonde outras pessoas que eles já mandaram nunca conseguiram chegar.

Então me lembrei das botas e equipamentos espalhados pelo labirinto.

– Aquele monte de coisas onde nós ficamos presos, bisa...

– Vocês não estavam presos. Os Tutu levaram vocês ali para protegê-los, enquanto eles tentavam usar os equipamentos dos próprios biopiratas para atraí-los até uma armadilha.

– Tudo bem. Então, o que aconteceu com as outras pessoas, os exploradores donos daquelas botas e equipamentos?

A voz do meu bisa ficou bem mais séria:

– Quem tenta chegar muito perto dos segredos dos Tutu acaba sendo atraído para aquele lugar. E, de lá, só sai vivo se os Tutu quiserem.

– Os Tutu comem os exploradores?

– Não diga bobagens, Dan.

Bem pouco convincente o jeito do meu bisavô, quando ele chamou de bobagem o que eu tinha acabado de dizer. Mas percebi que eu não ia conseguir tirar nada dele nesse sentido. Eu também sabia que não ia adiantar muito querer saber do meu bisavô qual era exatamente o trabalho dele com os Tutu nesse momento. Se, por exemplo, o cara tinha alguma coisa a ver com os segredos das plantas dos Tutu.

– Você mora com os Tutu, bisa?

– Já tá querendo saber demais, Dan.

– Você esteve com o meu avô? Falou com ele?

Eu sabia que os dois não se falavam fazia um tempão. E que isso tinha a ver com o meu bisavô ter abandonado a nossa família.

– Claro que não.

– Mas, bisa...

– Dan...

– ... era a chance pra vocês dois se entenderem e...

– ... esse assunto é ainda mais perigoso do que os biopiratas. Não se meta nisso... pelo menos, não por enquanto...

– Vendo que o meu bisavô não ia mesmo abrir a boca, achei melhor terminar logo com aquela conversa.

– O que os Tutu fizeram com o cara que...

– Isso é jeito de falar, Dan?

– O que os Tutu fizeram com os cientistas-exploradores-biopiratas que colocaram a gente nessa confusão?

– Foram entregues à Polícia Federal brasileira.

– E o que vai acontecer com eles?

– O que acontece com todos os criminosos.

– E o que...

– Chega de o quê, o quê, o quês. Eu estou muito cansado. Essa história acabou.

Acabou como?

– Como é que eu, o Cipó e a Bia vamos voltar pro hotel?

– Você pode me deixar dizer uma frase inteira?

– Foi mal.

– Está vendo aquela saída?

Eu não estava vendo nada. Olhei com mais atenção no sentido oposto ao que nós tínhamos vindo; e tinha mesmo um corredor estreito ali.

– Hã-hã.

– No final daquele corredor, tem um rio estreito e uma canoa com um Tutu esperando vocês, para levá-los de volta ao hotel. Não digam nada. Entrem na canoa e deixem que o Tutu os leve do jeito que ele achar melhor. Podem ter certeza de que não haveria outra maneira mais protegida de voltar para o hotel.

– Mas, bisa, os biopiratas não foram pegos?

– "Aqueles" foram, Dan. Mas, infelizmente, eles não são os únicos. Agora vá, garoto.

Achei aquele jeito do meu bisavô se despedir meio curioso.

– Você não vai se despedir de mim "direito", bisa?

– Como assim, Dan?

Eu esperava um pouco mais. Talvez um abraço, sei lá.

– Pode ser que a gente não se veja nunca mais.

Meu bisavô soltou uma risadinha bem irônica...

– Você acha que eu tenho essa ilusão?

... e me deu um abraço.

– Tenta aproveitar bem com o seu avô esses dias que vocês vão passar no hotel...

– Valeu.

– ... e vê se se cuida, garoto.

– Você também, se cuida, bisa.

O Cipó e a Bia acenaram para o meu bisavô e me seguiram em direção à passagem que ele tinha falado. Ou melhor, iam me seguindo.

– Esperem um pouco.

Voltei até onde estava o meu bisavô.

– O que foi agora, Dan?

– O que é que o número onze tem a ver com tudo isso?

Os olhos do meu bisavô se arregalaram. Não sei se era por causa das lentes fundo de garrafa, mas a expressão que eu vi neles era de susto, de medo, quase de terror.

– On... on... onze?

Cruzei os meus braços.

– É.

Mesmo ele tentando disfarçar, dava para entender que aquela minha pergunta tinha acabado com o sossego do meu bisavô.

– Co... co... como é que eu vou saber?

Pelo tom de voz dele, eu sabia que não adiantava nem insistir; o cara não ia me dizer mais nada. Talvez isso fosse até melhor. Assim, eu já estava indo embora com pelo menos uma boa razão para voltar.

Fiz um tom de voz bem irônico:

– Tá legal. Fui!

E me juntei de novo ao Cipó e à Bia e fomos saindo em direção à passagem.

– O que foi, Dan?

– Nada, não, Bia, coisa de família.

Seguimos andando totalmente em silêncio. Estava na cara que o Cipó e a Bia precisavam de um tempo para tentar entender todos os detalhes daquela história. Eu também precisava. Assim que saímos da floresta, demos de cara com um pedaço de mata, depois com um igapó e por fim com uma canoa e um índio Tutu esperando a gente dentro dela.

Entramos na canoa. O Tutu começou a remar. Logo o igapó virou um igarapé, que virou um rio, que nos levou de volta ao hotel, onde eu e o meu avô estávamos hospedados.

Fim.

AGRADECIMENTOS

Eu gostaria de agradecer a colaboração de...
• Renato Ignácio da Silva (autor do livro *Amazônia, paraíso e inferno*) • Luís da Câmara Cascudo (autor do livro *Dicionário do folclore brasileiro*) • Niomar de Souza Pereira (do Museu de Folclore Rossini Tavares de Lima) • o biólogo Francisco Luís Franco • Álvaro Machado e Denise Mendonça • o biólogo Carlos Campaner (Museu de Zoologia da Universidade de São Paulo) • Rodolpho Von Ihering (autor do livro *Dicionário dos animais do Brasil*) • Eurico Santos (autor do livro *Anfíbios e répteis do Brasil*) • Heloísa Prieto • Ciça Fittipaldi • Marina Kahn.

Emerson Charles

Toni Brandão é um autor multimídia bem-sucedido. Seus livros ultrapassam a marca de dois milhões e meio de exemplares vendidos e discutem de maneira bem-humorada e reflexiva temas próprios aos leitores pré-adolescentes, jovens, e as principais questões do mundo contemporâneo. Seu best-seller *#Cuidado: garoto apaixonado* já vendeu mais de 300 mil exemplares e rendeu ao autor o Prêmio APCA (Associação Paulista de Críticos de Arte).
A editora Hachette lançou para o mundo francófono a coleção adolescente Top School!. No teatro, além do êxito ao trabalhar em seus próprios textos, ele adapta clássicos como *Dom Casmurro* e *O cortiço*. Em breve, Toni lançará um novo romance, *Dom Casmurro, o filme!*.
A versão cinematográfica de seu livro *Bagdá, o skatista!* recebeu um importante prêmio da Tribeca Foundation, de Nova York, e foi selecionada para o 70º Festival de Berlim. E outros livros do autor terão os direitos adquiridos para o mercado audiovisual, como o romance *DJ – State of chock*, *#Cuidado: garoto apaixonado*, *O garoto verde* e *2 x 1*.
Toni criou, para a Rede Globo de Televisão, o seriado *Irmãos em ação* (adaptação de seu livro *Foi ela que começou, foi ele que começou*) e foi um dos principais roteiristas da mais recente versão do *Sítio do Picapau Amarelo*.
Site oficial de Toni Brandão: www.tonibrandao.com.br.

Arquivo pessoal

Luciano Tasso nasceu em Ribeirão Preto, interior de São Paulo. Formado pela Escola de Comunicações e Artes, da USP, durante muito tempo trabalhou em agências de publicidade até decidir mergulhar definitivamente no maravilhoso mundo da literatura. Desde então ilustrou muitas obras em parceria com escritores ou de sua própria autoria.

Já publicou pela Global Editora os livros *Fico, o gato do rabo emplumado* e *Eu, Edo, com medo fedo* de Darcy Ribeiro; *Um rosto no computador*, de Marcos Rey; *Meus romances de cordel*, de Marco Haurélio e *Histórias do país dos avessos*, de Edson Gabriel Garcia.

Leia também de Toni Brandão

Os recicláveis!   Os recicláveis! 2.0   O garoto verde

Aquele tombo que eu levei   2 x 1   Caça ao lobisomem

Guerra na casa do João   O casamento da mãe do João   Tudo ao mesmo tempo   #Cuidado: garoto apaixonado

#Cuidado: garotas apaixonadas 1 – Tina   A caverna – Coleção Viagem Sombria   Os lobos – Coleção Viagem Sombria   Perdido na Amazônia 1